野獣郎見参

Beast is RED

K.NAKASHIMA SELECTION VOL.4

中島かずき
KAZUKI NAKASHIMA

論創社

野獣郎見参

タイトルロゴ　河野真一

◉

装幀　鳥井和昌

目次

野獣郎見参

Beast is Red

◉登場人物

物怪野獣郎《もののけやじゅうろう》

美泥《みどろ》

芥《あくた》 蛮嶽《ばんがく》

婆娑羅鬼《ばさらぎ》

北の宮の眠り姫（梨花姫《りかひめ》）

猿噛《さるがみ》

穿《うが》ちの錐蔵《きりぞう》

左《ひだり》 前《まえ》の甚五《じんご》

細川虎継《ほそかわとらつぐ》

細川猫継《ほそかわねこつぐ》

独言鬼《どくげんき》

陰面羅鬼《いんもらき》

葛鬼《かつらぎ》

雪目《ゆきめ》

赤松為麿《あかまつためまろ》

渋毒柿右衛門《しぶどくかきえもん》

一刺《ひとさ》し蜂介《はちすけ》

あぶくの蟹兵衛《かにべえ》

いがいが栗満太《くりまんた》

うすらの臼六《うすろく》

侍所の武士達

魑魅魍魎達

女官達

都の人々

荊鬼《いばらぎ》

安倍西門《あべのさいもん》

風鏡《ふうきょう》

第一幕　道満王

第一景

雨。ひどい雨だ。
とある山中。
佇む女。人ではない。妖《あや》かしの一族だ。
名を葛鬼《かつらぎ》。その爪は刃。
と、落雷。
その光の中に立つ影。獣の目をした男。
物怪野獣郎《もののけやじゅうろう》だ。
刀を抜く野獣郎。葛鬼に襲いかかる。
若い女が飛び出してくる。美泥《みどろ》である。
野獣郎の刃が、葛鬼を貫いた時、美泥が叫ぶ。

美泥　かあさん!!

消える葛鬼。

と、わらわらと現れる魑魅魍魎。

野獣郎、その魑魅魍魎の群の中に突っ込んでいく。

一人雨に打たれる美泥。

彼女も無明の闇に包まれる。

☆

そして、数年後——。

舞台は京の都。廃墟と化した羅生門。

時は応仁の乱の頃。

深夜。空には見事な満月。

そこに通りかかる一人の僧。風鏡《ふうきょう》だ。

風鏡　……これが京の都か。家は焼け果て、人の心は荒れ果て、妖かしが跋扈《ばっこ》する。なんとも哀れなものだな、人も、妖かしどもも……。南無阿弥陀仏南無阿弥陀仏。

と、人の気配。あわてて立ち去る風鏡。

入れ替わりに、早足で現れる左前の甚五《じんご》。道具箱を背に腰にナグリ。長い釘を、機関銃の弾のように帯にして斜にかけている。

彼の後ろから、穿《うが》ちの錐蔵《きりぞう》が出てくる。

錐蔵　甚五。
甚五　兄貴……。
錐蔵　どこに行く、甚五。
甚五　ほっといてくれ。
錐蔵　ほっとけるか。みすみす死にに行く大馬鹿野郎を。
甚五　俺だって、修行をつんだ。
錐蔵　ああ、つんだ。お前にしちゃよく頑張った。それは俺が一番よく知ってる。でもなあ、相手は侍所《さむらいどころ》のお侍方も手を焼いている化け物だ。大工上がりの俺達が、多少修行の真似事をしたって、かなう相手じゃないんだよ。
甚五　いつだってそうだ。錐蔵兄貴はいつだって我慢我慢だ。そりゃ、兄貴はいいさ。辛いことがあっても、その錐で穴さえ開けてりゃあ幸せなんだ。親父にしかられた、女にふられた。いつだって、その錐でキリキリキリキリ。（と、穴を開ける仕草）おかげで、うちの柱は穴だらけだよ。
錐蔵　落ち着け、甚五、落ち着け。ほら。

甚五に錐を渡す錐蔵。自分は板を持ち構えると、甚五に向かっていい笑顔。

錐蔵　さあ、来い。

甚五　ようし。キリキリキリキリ。（と、板に穴を開けようとして）何が面白いんだよ、こんなの！

錐を投げ捨てる甚五。

錐蔵　ああっ！　お前なんてことを。よし、わかった。これで、穴ほれ。穴はいいぞう。

と、錐蔵、背負っていた手槍のようなものを差し出す。先はドリルになっていて手元にハンドルがついている。そのハンドルをグルグル回すと先のドリルが回転する。

錐蔵　そおれ、どりどりどりどり……。（と恍惚）
甚五　…………。（黙って立ち去ろうとする）
錐蔵　あ、待てよ、甚五。
甚五　いいかげんにしな。俺達が、こんな面白くもねえ漫才やってる間もなあ、姫は地獄に堕ちてんだよ。見なよ、兄貴。

指さす先は、煌々たる満月。

錐蔵　……満月か。
甚五　あの月が輝いている間は、この世は化け物共の天下だ。開けるんだったら、あの満月に風穴、開けてくれ。
錐蔵　…………。

と、何やらただならぬ気配を感じて顔色が変わる二人。

錐蔵　……甚五。
甚五　出やがったか。

ドリル槍を構える錐蔵。
甚五、腰に二丁拳銃よろしくぶら下げていた曲尺を引っぱり出し、ダウジングの要領で妖気を調べる。袖のあたりで曲尺が激しく左右に動く場所を見つける。

甚五　兄貴。
錐蔵　そこかあ!!

ドリル槍を突き立てる錐蔵。

が、袖から現れた巨大なグローブに吹っ飛ばされる二人。

二人　でえーっ!!

そこに現れる魑魅魍魎。

魑魅魍魎　はーずれ！
甚五　あ、兄貴。罠だー。
錐蔵　そんなの見りゃわかるよ。

と、月の光に現れる一匹の妖怪。魑魅魍魎達を率いている。婆娑羅鬼《ばさらぎ》だ。

婆娑羅鬼　この月に月見る月は多けれど、血を見る月はこの月の月。
甚五　な、なんだ。
婆娑羅鬼　ふはははは。その程度の技でのこのこと、この羅生門まで来るとは、随分と身の程知らずな人どもだな。
錐蔵　き、貴様。羅生門の鬼か。
婆娑羅鬼　その通り。この羅生門を根城にする魑魅魍魎を率いる婆娑羅鬼様だ。（周りに）拍手は？

拍手する魑魅魍魎。

婆娑羅鬼 （錐蔵達に）おやおや、こちらが名乗っているのに返事もなしとは、随分と礼儀知らずな男達だな。名前は。

甚五 （曲尺をかまえ）だ、大工魔事師《だいくまごとし》、左前の甚五。

錐蔵 （ドリル槍をかまえ）同じく、穿ちの錐蔵。

甚五 ど、道満王《どうまんおう》はどこだ！

婆娑羅鬼 道満王？　ふはははは。（笑い出す）

一緒に笑い出す魑魅魍魎。

婆娑羅鬼 （彼らの笑いを抑えて）こいつはまた、お前ら如きに、お前ら如きに、道満王とは。ふふん。（魑魅魍魎達に）みんな、くっちまいな。

歓声をあげる魑魅魍魎。

錐蔵　くそう。逃げろ、逃げろ、甚五。
婆娑羅鬼　逃げられない逃げられない。お前らは、俺達の晩ご飯。はい、お前達。
魑魅魍魎　いただきまーす。
婆娑羅鬼　んー、礼儀正しくて結構結構。いけ。

婆娑羅鬼の合図に襲いかかる魑魅魍魎。
錐蔵と甚五、応戦するが歯が立たない。

錐蔵　なめやがって。
甚五　いやだー。こんなとこで死にたくねえー！

そこに、男の声。

男（声）　困ってるようだな、わけぇの。
甚五　だ、だれでぇっ。

声の主が現れる。
マントのようなボロをまとった野武士風の男。物怪野獣郎だ。

その獣のような眼光にたじろぐ妖怪達。

野獣郎　話次第じゃあ、てめえらの命、助けてやれねえこともねえが。

錐蔵と甚五、野獣郎の方に駆け寄る。

錐蔵　お、お願いします。
野獣郎　いくらだす。
錐蔵　え。
野獣郎　てめえの命の値段だ。てめえでつけな。
甚五　さ、三十円！

錐蔵と甚五を妖怪の方に突き放す野獣郎。

野獣郎　じゃ。（去ろうとする）
錐蔵　あ、そんな。
甚五　待って。

二人再び駆け寄る。

野獣郎　ばかか、おめえら。なんだ、その三十円ってのは。てめえの命はベビースターラーメンか。

錐蔵　じゃあ銀五枚。

野獣郎　話にならん。

再び甚五達を突き放す。
彼らを襲おうとする妖怪たち。

甚五　（あわてて）ぎ、銀十枚。（駆け寄る）

野獣郎　（突き放す）二人で五十枚。

錐蔵　（駆け寄る）十五枚。

野獣郎　（突き放す）四十枚。

彼らをあざ笑う婆娑羅鬼。

婆娑羅鬼　醜いなあ、醜い醜い。この期に及んで、てめえの命を天秤ばかりか。いかにも人間

野獣郎　どもがやりそうなことだ。みっともねえなあ。
婆娑羅鬼　うるせえなあ。商売の話をしてるんだ。横から口をはさむんじゃねえ。
野獣郎　ふふん。弱い犬ほどよく吠える。
婆娑羅鬼　なんだと。
野獣郎　え？
婆娑羅鬼　いま、何と言った。
野獣郎　「え？」
婆娑羅鬼　その前だよ。
野獣郎　「この月に月見る月は多けれど、血を見る月はこの月の月」
婆娑羅鬼　誰も、貴様の登場シーンやれなんて言ってねえ！
野獣郎　ふふん。まったく、きゃんきゃんきゃんきゃん弱い犬ほどよく吠えるぜ。
婆娑羅鬼　それだ。
野獣郎　ん。
婆娑羅鬼　弱いかどうか、試してみるか。
野獣郎　なに。

身にまとっていたボロを投げ捨てる野獣郎。背に大刀。両端に柄がある。
いきなり妖怪達に襲いかかり、彼らを蹴り倒す野獣郎。

野獣郎　（甚五達に）てめえら感謝しろ。二人合わせて銀二十枚にまけてやらあ。（妖怪達に）この俺様を犬ころ呼ばわりたあ、よく言った。全員まとめて引導渡してやるからかかってきやがれ！

婆娑羅鬼　貴様、何者だ。

野獣郎　男は殺す女は犯す。金に汚く己に甘く。傍若無人の物怪野獣郎たあ、俺のことだ！

言いながら背負っていた大刀の両端から刀を抜き、二本の刀の柄をねじこんで両刃刀にして、見得を切る野獣郎。
両刃刀をふるい、妖怪たちをなぎ倒す。その強さ、鬼神の如し。あっと言う間に残っている妖怪は婆娑羅鬼一匹。

野獣郎　へへ。まあ、ざっとこんなもんだ。

甚五　つ、つええ。

錐蔵　言うだけのことはある。

婆娑羅鬼　ぬぬぬ。

野獣郎　どうした、どうした。さっきまでの偉そうな態度は。

婆娑羅鬼　す、すみませんでした。（と、いきなりあやまる）こ、これ。（と、刀をさしだす）

野獣郎　なに。
婆娑羅鬼　私が悪うございました。これこのように全面降伏いたします。刀をお取り下さい。
野獣郎　そうか。そう下手に出られちゃあ、しょうがねえなあ。

婆娑羅鬼が差し出す刀の柄を握る野獣郎。
その時、婆娑羅鬼、鞘をひく。野獣郎が握った柄がすっぽり抜ける。刃は鞘側についていたのだ。
婆娑羅鬼、野獣郎の一瞬の隙をついて、その刃を、彼の腹に突き立てる。

野獣郎　ぐ！
婆娑羅鬼　ふはははは。ばぁかめぇ。馬鹿馬鹿馬鹿馬鹿。その程度の腕でいい気になるから人間は愚かだというのだ。この婆娑羅鬼様が、そう簡単に尻尾を巻くとでも思ったか。ほうれ、ほれほれ。

野獣郎の腹に、刃をぐいぐいとねじ込む婆娑羅鬼。

野獣郎　ぐわあああぁ。
甚五　よ、よわい。

錐蔵　やっぱ、口ほどにもなかったか。

婆娑羅鬼　このまま、はらわたをえぐり出してやる。ふはははは。――む。（笑いが止まる）

刃が動かなくなったのだ。

ニヤリと笑っている野獣郎。

野獣郎　なんて悲鳴あげると思ったか。ばーか。

婆娑羅鬼　なに。（ふたたび刃をねじこむ）

野獣郎　きかねえなあ。

婆娑羅鬼の刀を摑むと、引き抜く野獣郎。

野獣郎　こんななまくら刀じゃ、この野獣郎様にはきかねえんだよ。

両刃刀で婆娑羅鬼をなぎ払う野獣郎。

婆娑羅鬼　ぐわっ！

斬撃を受けて下がる婆娑羅鬼。

婆娑羅鬼 そんな、ばかな……。

野獣郎 あいにくだったなあ。俺は生まれたときから、どういうわけか、傷の治りが異常にはええのよ。そんな刃《やいば》じゃ、刺された端から治っちまうぜ。馬鹿はてめえだ。このひょうろく玉が！

婆娑羅鬼 化け物が……。

野獣郎 化け物に、化け物呼ばわりされたかねえや。おとなしく、くたばりやがれ！

両刃刀を振り下ろさんとする野獣郎。

が、その時閃光。目くらましを喰らう野獣郎。

野獣郎 く！

黄金の甲冑と仮面に身を包んだ怪人が現れる。道満王《どうまんおう》だ。

その横には、独言鬼《どくげんき》がついている。

独言鬼 醜態だな、婆娑羅鬼。

婆娑羅鬼　独言鬼、貴様……。

独言鬼　儂《わし》ではない。道満王のお言葉だ。「まもなく夜が明ける。引き上げだ」。道満王様は、そう言うておられる。

野獣郎　どうまんおう、だと。

甚五　じゃあ、奴が。

錐蔵　ばか。焦るな。

甚五　あいつが北の宮の姫を、梨花姫《りかひめ》を！（野獣郎に）旦那。不死身の旦那。そいつが妖怪の総大将です。そいつをやっつけてくだせえ。

野獣郎　なんだと。

道満王が腕をふるう。
その妖気に吹っ飛び転がる甚五と錐蔵。
二人、気絶する。
が、踏みとどまる野獣郎。

道満王　！

野獣郎　うおお！（道満王に打ちかかる）

妖気に耐える人間がいたのが予想外だったのか、野獣郎を間合いに入れる道満王。
が、腰の剣を抜き、野獣郎の刀をなぎ払う。

野獣郎　くそ！

打ちかかる野獣郎。受ける道満王。

野獣郎　こいつはちっとばかり骨がありそうだな。

両刃刀をばらして、二刀流で応戦する野獣郎。それでも道満王の斬撃の速度に押され気味。
一旦はなれて間合いをはかる野獣郎。

独言鬼　道満王、時間が。

うなずく道満王。

婆娑羅鬼　物怪野獣郎か。この借りは必ず返す。この婆娑羅鬼様のねじくれ曲がった根性に誓ってな。ふはははは。

野獣郎　待て、この野郎。

追おうとする野獣郎。
道満王が、印を切ると彼の前に結界。

野獣郎　（行く手を阻まれる）結界か。

力ずくでぶち破る野獣郎。
が、その隙に、三人の妖怪、消えている。

野獣郎　……ふん、さすがは京の都だ。妖怪達にも、少しは歯ごたえがあるのがいるじゃねえか。

その間に、意識を取り戻し、そっと逃げようとしている錐蔵と甚五。

野獣郎　――で、お前達はどこへ行く。

二人の動きが止まる。

野獣郎　さあ、約束の銀二十枚、払ってもらおうじゃねえか。
甚五　ぬぬぬぬ。
錐蔵　あ、叶姉妹のリンボーダンス！（と指さす）
野獣郎　え!?（指さされた方を向く）
甚五・錐蔵　ダッシュ！

二人、駆け出す。

野獣郎　あ、この野郎、待てー!!（後を追う）

袖まで入ったところで、ズポンという音。

野獣郎（声）　うわあああああああ！

ドスンと落とし穴に落ちた音。
錐蔵と甚五、顔を出す。

錐蔵 ふふん。この穿ちの錐蔵、穴を掘らせりゃ都で一番。その落とし穴からはそう簡単には出られんぞ。

甚五 ……こんな簡単な罠に引っかかるなんて、強いんだか弱いんだか分かんない人だなあ。

錐蔵 まったくだな。さ、行くぞ。命あっての物種だ。

二人、駆け去る。

——暗転——

第二景

暗闇の中、男の声が響く。

声　今は昔、天文博士《てんもんはかせ》安倍晴明《あべのせいめい》という陰陽師《おんみょうじ》ありけり。式神護法《しきがみごほう》を使いて都を護る天下無双の陰陽頭《おんみょうのかみ》なり。

音楽。
踊り子達登場。歌い踊る彼女たち。

女達　安倍晴明、スーパースター。あなたこそ、日本一の陰陽師。

照明に浮かび上がる一人の男。先程の声の主だ。
烏帽子に直衣《のうし》。これぞ安倍晴明——ではない。晴明に扮する柿右衛門《かきえもん》である。踊り子達は、この晴明が操る式神という設定だ。

場所は、京都所司代赤松為麿《あかまつためまろ》邸。近頃噂の踊り念仏、芥蛮獄《あくたばんがく》一座が出し物をうっている。演目は『安倍晴明孤星因果《アベノセイメイ・スーパースター》』。
踊り子を引き連れて歌い舞う晴明（柿右衛門）。今ならば、ロックオペラと言ったところ。

晴明　我が名は晴明。安倍晴明。天下無双の陰陽師。私が祈れば雨が降り、私が呪えば人が死ぬ。この世にかなわぬ物はない。

晴明＆踊り子　安倍晴明、スーパースター。あなたは自分のことを、天地の真理と思うの。

晴明　Oh, yes!

晴明と踊り子達消える。
そこに現れる女。晴明の妻に扮する美泥《みどろ》だ。己の孤独を歌う。

妻　私はわからない。彼は天才。天文博士。都を護る偉い人。でも彼といると私は寒い。心も瞳も唇も凍えてしまいそう。私は私がわからない。あの人が怖い。

と、一条の光。
晴明の弟子の蘆屋《あしや》道満《どうまん》登場。扮するは芥蛮獄。

以下、この出し物が終わるまで「　」のついているものは台詞。

道満「奥方様」
妻「道満様」
道満「何を悩んでおられる。あなたには私がいるではないか」
妻「ああ、道満様」

道満に抱きつく晴明の妻。
抱きしめる道満。

道満「で、奥方様、約束のものは」
妻「ここに」

妻、道満に一冊の書物を渡す。

道満「おお、これぞ陰陽道の秘術が書かれた『金烏玉兎集《きんうぎょくとしゅう》』……ではない！」
妻「え」
道満（中にはマンガが書いてある）「『となりの晴明くん』、これは⁉」

そこに現れる晴明。

晴明　「今、都では人気爆発。私の日常がおもしろおかしく書かれた四コママンガだ」
道満　「せ、先生」
晴明　「今更、弟子面はおこがましい。最初からこれが目当てだったのだろう。蘆屋道満。この『金烏玉兎集』が」（と、本物を見せる）
妻　「まさか……」
道満　「ふはははは。さすがは安倍晴明。こちらの下心などお見通しか」
妻　「道満様」
道満　「哀れな女だ。俺に利用されているとも知らず」
妻　「……そんな」

晴明、歌う。続けて妻、道満も歌う。

晴明　私にはわかっていた。お前達二人とも私を裏切る。
妻　私にはわかっていた。誰も私を救ってはくれない。
晴明　私は許さない。お前達が憎い。

妻　私の渇きは癒されない。

道満　おのれ、晴明。こうなれば。式神応報急急如律令《しきがみおうほうきゅうきゅうにょりつりょう》。

道満の呪文にあわせて式神が四体現れる。
演じるは、蜂介、蟹兵衛、栗満太、臼六。
一旦、妻役の美泥、消える。

道満　行け、式神たちよ。蘆屋道満の名の下に。晴明を、晴明を、晴明を倒せ。

式神達　「蘆屋道満の名の下に」

でぶ式神（栗満太）「お腹がすいた」

晴明に襲いかかる式神達。

晴明　「ふふん。甘い甘いよ、道満さん。〝式神なんかみんな言うことききかせちゃうもんねの術〟。行け、安倍晴明の名の下に」

晴明が腕をふるうと、道満を襲う式神達。

式神　「安倍晴明の名の下に」
でぶ式神（栗満太）「お腹がすいたー！」
道満　「よ、よせ、やめろ」

逃げようとする道満をつかまえる式神達。
踊り子達、十字架を用意する。道満を磔にする式神達。

道満　「お、おのれ、晴明、覚えておれ。我が身は滅ぼうと、我が魂、鬼神《おにがみ》となりて、この京の都をほろぼさん。覚えておれー‼　ガクッ」

式神に槍で刺される道満。息絶える。

晴明　「あいにくだったなあ、道満。この晴明には、都を護る最後の秘術がある。我が命つきようと、この都は護る」

一同の歌。

晴明　我が名は晴明。安倍晴明。天下無双の陰陽師。私が祈れば雨が降り、私が呪えば人が死ぬ。この世にかなわぬ物はない。

晴明&踊り子　安倍晴明、スーパースター。あなたは自分のことを、天地の真理と思うの。

晴明　「われ、ふしきとかしてみやこのまもりのいしずえとならん」

一同、消える。

美泥、今度は語り部として登場。

式神達かたまり集まって、塚を作る。

美泥　「さて、晴明死して早二百と五十年。その間ずずうっと都を護りましたる五条河原の〝晴明塚〟。安倍晴明の力を封じたこの塚がある限り、京の都はその名の通りの平安京。と、いいたいところだが……」

落雷。式神達の塚崩れる。

その後ろから現れる鬼神となった道満。

道満　「我こそは、道満が怨霊。地獄より妖かしを率いて舞い戻った。今こそ、この都を魔界となさん。恨みはらさでおくべきか～」

見得を切る道満。

と、突然、芝居に割り込む細川虎継。

虎継　よおし、もういいもういい！

その闖入者に、芝居を止める蛮嶽達。

と、赤松為麿と雪目《ゆきめ》、そしてお側勤めの女官達が現れる。為麿は白塗りの間抜け面。

少し高い座敷に位置する為麿達。

為麿　おーおーおー。（拍手している）

虎継　もう、そこまでで充分だ。

美泥　でも。

柿右衛門　そうそう。ここから道満の怨霊の大暴れが始まるのに……。

蛮嶽　柿右衛門。

虎継　調子に乗るな、このばかもんどもが。お前達は、詮議の身。所司代赤松為麿様の御前なるぞ。そうですね、赤松様。

為麿　あんこーる、あんこーる、あんこーる。

美泥　アンコールしてますよ。

虎継　所司代！
為麿　しゅーん。（しゅんとする）
雪目　おお、為麿様。よしよし。蜜柑あげましょねー。
為麿　おおー。みかんー、みかんー。
虎継　ご覧になったように、陰陽道の大巨人、安倍晴明を卑しめる上に、今、都を騒がす妖怪どもの尻馬に乗るこの狂言。不埒千万極まりなし。是非とも、厳しいご処置を。

雪目、蜜柑を次々に投げる。
それを受け取り次々に投げ回す為麿。

女官達　（拍手）為麿様、すごーい。
為麿　そお？
虎継　所司代様!!

為麿、しぶしぶ投げるのをやめる。

虎継　是非とも、厳しいご処置を！
為麿　じゃ、死刑。

蛮嶽一座　えー。
為麿　いいよ、殺しちゃって。
蛮嶽　おそれながら申し上げます。山名・細川の合戦以来、京の都は焼け野原と化し、下々の暮らしも乱れに乱れております。
美泥　わたくしどもは、彼らをほんの少しでも明るい気持ちにさせるため、歌い踊るひょうけ者。首を斬ったところでなんの変わりもないばかりか、かえって所司代様のご高名を汚すことにも。
蛮嶽一座　所司代様。
為麿　じゃ、無罪。
蛮嶽一座　おおー。
虎継　なりませぬ！　それでは、示しがつきませぬ！
為麿　じゃ、死刑。
蛮嶽一座　えー。
美泥　所司代さま！
為麿　……。
虎継　為麿殿！
為麿　……。
美泥　さま！

虎継　どの！
為麿　……うわーん！（泣き出す）
雪目　いい加減にしやれ、お前達。所司代様の頭は、考えるためにあるのではない。（為麿の頭をなでて）よしよし、蜜柑ですよー。甘くてすっぱい初恋の味ですよー。
為麿　みかんー、みかんー。ああ、甘くてすっぱい。
美泥　なんなの、あれ。
虎継　ええい。ならば、この細川虎継、勝手にやらせてもらう。（刀を抜く）
蛮嶽　な、なにを。
虎継　知れたこと。たたっきるのよ、貴様等のそっ首。
蛮嶽　それは困る。
虎継　知ったことか。往生せいや！
蛮嶽　聖闘士《セイント》星矢？
虎継　ペガサス流星拳！
蛮嶽　一条直也？
虎継　二段投げ、フェニックス、地獄車！
蛮嶽　弁慶の立ち往生？
虎継　義経さまー、ここは、この弁慶にー。

と、蛮嶽が言われるままに動く虎継。

蛮嶽　はい、細川様の身体はもう動かない。

虎継、立ち往生のポーズをとったまま動けない。

虎継　な、なにー。貴様、何をしたー！

と、男の声。安倍西門《あべのさいもん》だ。

西門　騒いじゃいけない、虎継さん。

西門現れる。陰陽道を司る安倍家の総帥。烏帽子に直衣。首に赤い布をマフラーのように巻いている。

虎継　おお、西門殿。

西門　無理に動こうとすると、身体が引きちぎれますよ。落ち着いて。

虎継　なに。

西門　そう。落ち着きなされよ、虎継さん。
虎継　ひっひっふー。（と、深呼吸）
西門　うそつきなされよ、虎継さん。
虎継　俺は、餅が百個喰えるー！
西門　餅つきなされよ、虎継さん。
虎継　そおれ、ぺったんぺったん。（と、餅つきの真似。そこで身体が自由になったことに気づき）おお、動く。動くぞ。
西門　それで大丈夫。術は解けました。
虎継　（蛮嶽に）き、貴様、よくもよくも。（再び刀を振り上げる）
西門　まあまあまあまあ。富子様のふところ刀と言われるあなたが、そのような下賤の者相手に刀を振るわれる事はない。白拍子、猿楽舞ももとをただせば陰陽道の輩《ともがら》。この西門に預からせてはもらえませんか。
虎継　し、しかし……。
西門　うかつに喋らない方がいい、虎継さん。また、言葉に操られますよ。
虎継　言葉に？
西門　相手の吐いた言葉に呪いをかけて、逆にその言葉で相手を操る。そうそうできることではありませんよ。いい経験をしましたね。
虎継　うれしかないわ。

為麿　も一一回、も一一回。
美泥　あーゆー声もありますが。
虎継　冗談じゃない。
西門　まあ、ここは私に任せて。（虎継の刀を鞘に収めさせる。乱れた首の布をキザな仕草でかき上げて美泥に笑顔）やあ。
美泥　なに、あんた。すかした人ね。友達少なそう。
西門　ご心配なく。その分、敵はごまんといる。
美泥　ああ、そう。
西門　（蛮嶽に）言霊《ことだま》使いですか。珍しい技ですねえ。
蛮嶽　いえいえ。その言霊の術があそこまで綺麗に解かれるとは。さすが、噂に名高い陰《おん》陽頭《みょうのかみ》様。
美泥　え。じゃあ、この人。
西門　これは申し遅れた。私は安倍西門。陰陽道の宗家の長だ。君たちが芝居にした安倍晴明は私のひいひいひいひいひいひいひいじいさんになるかな。
美泥　じゃあ、妖怪退治の総元締めの。
西門　一応、そういうことになっている。友達は少ないがね。
美泥　（土下座する）申し訳ありません。そんなこととはつゆ知らず、ご無礼の数々。ほら、みんな、何ボーッとしてんの。

一座　もうしわけございませんー。（と、土下座）

西門　まあまあ。そんなにかしこまらないで。それよりも、少し聞きたいことがある。

西門に促され立ち上がる一座の面々。

美泥　聞きたいこと？

西門　君達が演じたとおり、五条河原の晴明塚が壊されてから、魔物達が復活し暴れ始めた。これは、まあ、都にすむ者なら、一度は聞いたことがある噂だ。が、その魔物達を率いるのが、蘆屋道満の怨霊だということは、まだ、わずかの陰陽師しか知らないはずだ。どこで聞いたね、その話。

蛮嶽　わたくしの名は芥蛮嶽。これは妻の美泥。今は踊り念仏の一座を組んでおりますが、もとは流れ魔事師《まごとし》にございます。西門様のもとに仕えて、京の都の妖怪退治にお力添えができればと思い、大和の国より旅して参りました。

美泥　道満の怨霊の話は、流れ仲間に聞いたもの。ああして道ばたで歌っていれば、いつか、陰陽頭さまのお目にとまるのではと思っておりました。

虎継　くさいくさいくさいくさーい。おぬしらの話は、まっこと嘘臭いわ。よしんば真《まこと》だとしても、誰が貴様らのような下賤な輩の力など借りようぞ。

西門　まあまあ。この人達も口ばかりじゃあないですよ。先程の言霊の術、確かに生半可な腕じゃあない。でも、惜しむらくは、少し配慮不足ですね。その術を使うときはきちんと結界を張ったほうがいい。

蛮嶽　え。

西門　言霊は、諸刃の剣。魑魅魍魎も呼び込みかねない。

あたりに立ちこめる妖気。

美泥　……蛮嶽。

蛮嶽　そこの先生のおっしゃる通りのようだな。

三匹の異形の者が現れる。手が刀のようになっている。

虎継　でたな、妖怪。（刀を抜く）為麿様、この場はこの虎継におまかせを！

襲いかかる妖怪たちに刀を振り回す虎継。雪目と女官達の後ろに隠れる為麿。

蛮嶽　やめときなさい、お侍様の領分じゃない。

蛮嶽、金属棒を構える。抜くと筆になっている。その筆をかまえる蛮嶽。
一座の連中は、為麿達を護る形に散る。

虎継　ばかが。筆一本でなにができる。
蛮嶽　筆は剣よりも強しってこともありまさあ。
虎継　なにぃ。
蛮嶽　美泥！
美泥　はいよ！

美泥、異形の者の攻撃をかいくぐり、それぞれ異形の者の胸に紙を一枚ずつ貼っていく。
異形の者の攻撃をかわしながら、胸の紙に×印を書いていく蛮嶽。その動き、水の上を流れる木の葉のごとく淀みなし。

虎継　そんな子供のいたずらで何になる!?
蛮嶽　お前たちの魂は抜き取った。（懐から人型の紙切れを三枚だす）急喼如律令《きゅうきゅうにょりつりょう》。

印をきる蛮嶽。隅に寄せられる異形の者。

蛮嶽　消えろ。（紙を握りつぶす）

かき消える異形の者たち。

為麿　おーおー。（子供のように喜んでいる）

西門　（軽く拍手）いやあ、すばらしい、すばらしい。厭身《えんみ》の術の変形ですか。こういう応用は初めてみたなあ。

蛮嶽　……試験は合格ですか？

西門　試験？

蛮嶽　西門様もよほどお人が悪い。（と、筆を見せる。ボロボロになっている）筆先がボロボロになっております。

西門　ふむ。

微笑むと印を切る西門。

西門と蛮嶽、二人だけがスポットを浴び、周りは暗くなる。西門が作った結界の中で、蛮嶽と二人きりになる。

蛮嶽　今、封じた者達、妖かしではございませぬね。
西門　では、なんだと。
蛮嶽　術者がうった式神かと。それも相当のお力を持つ。でなければ、こうも筆先が荒れはしません。
西門　（微笑みながら、自分の襟巻きを広げる。人型の穴が三つ空いている）さすがですねえ、蛮嶽さん。でも、そのお言葉は余計だったかも。
蛮嶽　え。
西門　……もっと、あなたの底が見たくなってしまいました。
蛮嶽　お戯れを、陰陽頭様。
西門　ご心配なく。今、あなたと私は結界の中。誰も入れず誰にも破れない。この中ならば、安心して力をふるうことができますよ。
蛮嶽　これはこれは。身に余るご配慮を……。

と、いいながらにらみ合う二人。
高まる緊張感。二人の気が膨れ上がり爆発しようとしたその時、その緊張を破ったのは別の男だった。

野獣郎（声）　西門！　安倍西門てえのはどこだ！

その声に、結界を解く西門。
再び周りも明るくなり、他の面々も現れる。
転がり出る侍1、2。

侍1　く、曲者！

虎継　どうした！

侍2　わ、我等が押しとどめるのも聞かず。

両刃刀の先に妖怪の首をいくつかぶらさげた野獣郎が入ってくる。

野獣郎　ごちゃごちゃうるせえんだよ。俺は西門てえのに用があるんだ。とっととそこをどきやがれ。

雪目　為麿さま。

為麿と雪目、女官達、逃げ去る。

西門　虎継さんも所司代を。ここは、私に。

為磨を護りに立ち去る虎継たち侍衆。
蛮嶽一座も、蛮嶽と美泥を残してこの隙に逃げ去る。

野獣郎　安倍西門てえのは、どいつだ。（西門を見て）おう、察するところてめえだな。ほれ、羅生門の妖かしの首だ。金もらおうか。

と、妖かしの首を放り投げる野獣郎。

美泥　……野獣郎。
野獣郎　美泥……。いやあ、美泥じゃねえか。そうか、わかった。やっぱり俺が忘れられずに、ここで待ってたってことか。おうおう、愛《う》い奴愛い奴。（と投げキッス）
美泥　（そのキッスを叩き落とし、足で踏みにじると）そうね。一日たりとあんたのことを忘れたことはなかったわ。まさか京の都にくるとはね。妖怪退治とは、なんのつもり。
野獣郎　こんな世間だ。人を斬っても銭にならねえが、化け物退治はいい金にならあ。
美泥　変わってなくて、安心したわ。（と、和製ボウガンを構える）
蛮嶽　美泥。

野獣郎　なんだ、そのにやけた野郎は。
美泥　あたしの旦那だよ。
野獣郎　なにぃーっ！
蛮嶽　縁あって、ここの美泥と夫婦《めおと》のちぎりを結んでいる。芥蛮嶽。お前さんが物怪野獣郎かい。確かに頭は単純そうだ。
野獣郎　なんだと！
蛮嶽　短気なところも、話通りだ。
野獣郎　てめえ……。美泥、あいかわらず男の趣味が悪いなあ。そんな白ムチ野郎のどこがいい。
美泥　全部。
野獣郎　うそ。
美泥　ま、中でも強いて言えば、テクニックかな。
蛮嶽　確かに、技には自信があります。
野獣郎　へん。言ってやがれ。あ、わかった。俺のことを忘れるために、適当な男とくっついたってわけか。だったら安心しな。今、思い出させてやるよ。この俺様をな。
美泥　戯言《たわごと》言ってんじゃないわよ。自分が何したかわかってんの。
野獣郎　おめえの母親を、ぶった斬ったことか。だったら、よーく覚えてらあ。
美泥　……上等じゃない。

野獣郎　いいねえ、その目。その目がたまんねえんだよ。だがな、美泥、たとえ惚れた女とはいえ、この物怪野獣郎様に刃向かった奴は、ただですます訳にはいかねえぞ。そこんとこ、よーく考えて、弓ひけよ。

美泥　ご心配なく。あんたが自分勝手でわがままで頭が悪くて、この世の中で最低最悪の生き物だってことは、あたしが一番よーく知ってるわ。

野獣郎　いやー、そこまでほめられると照れる照れる。

美泥　馬鹿はお眠り。

ためらいなく矢を放つ美泥。
が、顔の前で矢をつかむ野獣郎。

美泥　なに！

野獣郎　（矢を捨て）言ったろう。てめえの弓なんかが当たる俺様じゃねえんだよ。

蛮獄　さて、それはどうかな。

野獣郎　なに。

蛮獄　スローモーションでもう一度。

クルクルとビデオの逆戻しのように、元の位置に戻る一同。

ゆっくりと動く野獣郎。矢を放つ美泥。

と、黒子の頭巾をかぶった蜂介が矢を持って移動する。ゆっくり野獣郎の方に向かう矢。さっとつかもうとする野獣郎の手をすりぬけて額に刺さる矢。痛がる野獣郎。苦しむ野獣郎。やっとの思いで矢を抜いて、おもむろに顔の前で矢をつかむポーズをつける。

スローモーション終わる。

美泥　しっかり刺さってるじゃないの！

野獣郎　だから、刺さってもきかねえんだよ、こんな矢じゃ。俺様の不死身の身体を忘れたか。（放り投げる）

美泥　ふん。

蛮獄　なるほど。話に聞いてはいたが、こいつはたいしたもんだ。

と、西門が声をかける。

西門　一段落つきましたか。ついたなら、どうですか、お茶でも。

いつの間にか隅でお茶を飲んでいる西門。

気をそがれる一同。

野獣郎　なんだよ、てめえは。
西門　銀一枚。
野獣郎　なに。
西門　この妖かしの首、売りに来たんでしょう。
野獣郎　銀一枚って、確か立て札には銀百枚って書いてあったじゃねえか。
西門　雑魚ばかりですよ、この首は。銀一枚は、今面白いものを見せてくれた事へのお礼です。
野獣郎　見せ物じゃねえよ。
西門　これで、頭《かしら》の婆娑羅鬼の首でもあれば、ちゃんとお支払いしたんですけどねえ。
野獣郎　とれたんだよ、奴の首も。あの、傲慢王とか言う鎧の化け物が現れなきゃ。
蛮嶽　なに。
西門　……道満王。その化け物の名は道満王じゃありませんでした？
野獣郎　……かもしれねえ。
美泥　傲慢王はお前だよ。
野獣郎　うるせえなあ、他人の名前なんざいちいち覚えてられるか。
西門　ほう、面白い。道満王の姿を見て生きて帰れた男がいるとは。いや、今日は面白い

美泥　日だなあ。蛮嶽さんに野獣郎さん、めったに出会えない方々に一度に出会えた。
蛮嶽　信用するんですか、こんな奴の言うこと。
野獣郎　嘘かほんとかくらいは、陰陽頭様になら見抜けるさ。ましてやそういう単純な男ならなお尚更だ。
西門　なにぃ。
野獣郎　金が欲しいですか？
西門　ほしいねえ。いくらあってもいい。
野獣郎　金百枚。道満王の首、見事とってくれれば差し上げましょう。
美泥　……な、なにぃ。
西門　西門様。それは、私どもの仕事。
美泥　ご存じのとおり、晴明塚が壊されてからは、この都は化け物どもの住処となっています。このままだと本当に魔界の扉が開きかねません。
西門　魔界の扉……。
美泥　この京の都は、怨念と呪詛に満ちた呪いの都。晴明様を始めとする先達のおかげで、魔の力を封印していましたが、それもこの間の応仁の乱で、ほころびが出来てしまった。道満王はその象徴でしょう。
蛮嶽　では、今のままでは。
西門　地上の妖かしばかりではない。扉が開けば、地の底に封じ込められていた怨霊、魔

野獣郎　神達も、この地上に姿を現すことにな……ったりならなかったり。
西門　どっちなんだよ。
野獣郎　とにかく、今は、私の配下の陰陽師たちが必死でおさえていますが、いやあ、化け物どもの力もなかなか強い。一人でも手練れの魔事師はほしいところです。この際、性格は気にしていられない。
蛮獄　どういうことだ。
野獣郎　腕が立つなら、馬鹿でもかまわんということだよ。
西門　いちいちてめえは……。
野獣郎　お二人がここでやり合うのはかまわないが、一文の得にもならないのでは。
西門　……ちっ。
蛮獄　では、来月の満月の夜、北の宮で。
西門　北の宮。
野獣郎　そこに眠るやんごとなき姫君、その魂を喰らいに、ひと月に一度、道満王は必ず現れる。
西門　へへ。妖怪の大将もすきもんってわけか。
野獣郎　まあ、そんなものですね。次の満月の夜、北の宮には我ら陰陽師や侍所の武士達が警護を固めております。その我々を出し抜いて、見事道満王の首取れますかな。
蛮獄　出し抜く？

西門　はぐれ魔事師に金を出すのが表沙汰になると、ちと困る。私にも陰陽頭としての立場というものもあるんですよ。
野獣郎　いいだろう。但し、俺様の邪魔する奴は、遠慮なく斬らせてもらうぜ。
西門　注意しましょう。では、見事道満王の首持ち帰りし方に金百枚、確かに約束致しました。よい知らせをお待ちしております。
美泥　でも、その男は……。
蛮嶽　美泥。（と、目で会話する）では。

美泥と蛮嶽駆け去る。

野獣郎　あー、今、目で会話したなあ！　ちくしょう、あの白ムチがー！
西門　では、私が。（と、目で会話）
野獣郎　嬉しくねえよ！　くそー、今度あったらただじゃすまさねえぞ！　ばかー！（と、子供のように怒るが西門の冷たい視線に我を取り戻し）じゃな。（と、格好を取り繕い去る）

西門、それぞれの去った後を見る。
と、その背後に浮かび上がる為麿と雪目。

雪目、為麿の身体から水晶のような玉を抜き出すと蹴り下ろす。転がり落ちる為麿。そのまま呆けている。座敷に上がっていき彼の座に座る西門。

雪目　為麿の魂にございます。

先ほどの玉を渡す。玉は二個。紐でつながっている。

西門　（受け取り）ご苦労さん。その男（為麿）はもういいでしょう。お前たちには、将軍様についていてもらう。

雪目　ではいよいよ西門様が、この都の実権を……。

西門　いやいや、まだまだ。細川、大内。それにまだ、あの日野の富子さんってえ難物がいるからねえ。ま、そっちは私がなんとかしましょう。（言いながら、為麿の魂をアメリカンクラッカーのようにカチカチ言わせる）どうも釣り合いが悪いな。猿嚙。

猿嚙　ここに。

どこからともなく現れる猿嚙。西門が使う闇の魔事師の一人だ。為麿の魂を放り投げる西門。つかむ猿嚙。

西門　京都所司代、赤松為麿の魂だ。いつものように、暗黒洞にしまっておけ。
猿嚙　は。（その場にうずくまったまま）
西門　……なにか？
猿嚙　蛮嶽とかいう男の術、蘆屋流かと……。
西門　お前もそう見るか。
猿嚙　西門様の式神が打ち返されるのを見たのは、初めてです。手助けなどと言ってはいるが、あやつめ、何を企んでいるのか。
西門　おそらくは、晴明《せいめい》蟲《ちゅう》。

動こうとする猿嚙。

西門　どうする？
猿嚙　私はただ、西門様の行く道を清めるのが役目。
西門　なるほどな。お前に倒されるのならば、所詮そこまでの連中か。
猿嚙　何を考えておられます。
西門　余興ですよ、余興。蘆屋流に不死身の男。どれだけこの西門を楽しませてくれるか。
……いいでしょう。好きなだけ暴れてきなさい。

冷たく微笑む西門。

——暗転——

第三景

その夜、五条河原。
石の固まりがゴロゴロと積まれている。そこに張られた注連縄《しめなわ》。晴明塚の残骸だ。
美泥と蛮嶽が現れる。

美泥　晴明塚か。……哀れなもんね。日本一の天文博士といわれた男も、その果てはこの石くれ。
蛮嶽　京の都が戦で焼けたときに、一緒に崩れ去ったって話だ。あれだけ必死で守ろうとした都が愚かな人どもの権力争いで火の海だ。天下の安倍晴明の御霊《みたま》も嫌になろうってもんかもな。
美泥　そんなものかな。
蛮嶽　ま、安倍家だろうと蘆屋だろうと、妖しの術を使う者はしょせんは人外《にんがい》の化生《けしょう》。まともな死に方はできねえだろうよ。
美泥　人外の化生？

蛮嶽　人の道から外れた外法を使う輩ってことだよ。あの西門も、野獣郎って男も、この俺もしょせんは一つ穴のムジナだ。
美泥　違うよ。蛮嶽は違う。あんな白塗りやケダモノじゃない。
蛮嶽　そいつはどうかな。
美泥　あんたは違う。あんたは、あたしを救った。畜生道に生きるあたしを、引き上げてくれた。
蛮嶽　わかったわかった。そんなに大声で言われるとこっちが照れる。
美泥　蛮嶽、気をつけてね。野獣郎はあんたを斬るつもりだよ。
蛮嶽　え。
美泥　あの男が、あんなにおとなしく引き下がるなんて、なんか裏があるに違いない。道満王とあんたを戦わせて、どっちも弱らせてからいただくって寸法なのさ。
蛮嶽　よくわかるな。
美泥　あのケダモノの頭は単純さ。そういう卑怯なことばかりさ。
蛮嶽　いや、俺も同じ事を考えてた。あの単純野郎と道満王をかみ合わせるうまい手がないかってね。
美泥　さすが蛮嶽。知恵者だね。
蛮嶽　おいおい。そんなに露骨に態度変えるなよ。
美泥　それが女ってもんだよ。

蛮嶽　どうだろうね。
美泥　あたしは、あんたがいない世の中で生きていく気はしない。
蛮嶽　おいおい。男は何も俺一人じゃねえだろう。
美泥　蛮嶽は一人だ。
蛮嶽　言い切るねえ。まあ、俺もお前に死なれちゃ困るけどな。だから、ここに連れてきた。
美泥　え。
蛮嶽　ここから先はかなりやべえ道だ。おそらく西門は俺の血筋に気がついただろう。
美泥　そんな。
蛮嶽　肝心の晴明蟲手に入れる前にくたばるのは、馬鹿らしいだろ。

蛮嶽、晴明塚の残骸の中から宝刀を取り出す。

美泥　こんなところに隠してたの。
蛮嶽　京都所司代の所に乗り込むのに、こんなもの持っては行けねえや。腐っても晴明塚だ。霊力は半端じゃねえ。ここなら、生半可な奴には手は出せねえさ。ほらよ。（と、美泥に刀を渡す）いざとなりゃ、そいつがおめえを護ってくれる。
美泥　でも、これ、蛮嶽んちに代々伝わる……。

蛮嶽　（仕込み筆をみせ）俺ならこいつで充分だ。

蛮嶽、美泥の髪を一本抜くと、それを刀の柄にまきつけ呪文をとなえる。

蛮嶽　オン、アビラウンケン。さあ、こいつに名前をつけな。
美泥　名前？
蛮嶽　その刀には、持ち主が名前をつける掟がある。それで、刀とお前は一心同体になる。そいつも、それを望んでるはずだ。
美泥　刀が望むの？
蛮嶽　ああ。そいつは、俺たちが生まれるずっと前からこの世にある。持ち主が変わって新しい名前がつくたびに生まれ変わるんだよ。そうやって永遠の霊力を得ているんだ。美泥が苦しければ苦しいほど、悲しければ悲しいほど、その刀はお前を支えてくれるはずだ。
美泥　じゃあ、蛮嶽だ。この剣の名前は、蛮嶽丸。
蛮嶽　気持ちは嬉しいんだけどな。刀を抜いてみろ。
美泥　え。（抜こうとするが、抜けない）
蛮嶽　気に入らないんだよ、その刀が気に入ってねえんだ。他人の名前じゃダメなんだ。
美泥　じゃあ、どうすれば。

蛮嶽　刀を握って気持ちを集中しな。目をつぶって、刀と一つになってみろ。

美泥、目をつぶって刀を握る。
と、ゆっくりと刀が抜ける。銀色に輝く刀身。
いつの間にかあたりを霧が包む。
その中にかすかな光。女の姿が浮かび上がる。葛鬼《かつらぎ》の姿だ。

美泥　あなたは……。

微笑み、美泥に手を差し伸べる葛鬼。
が、その時、野獣郎が現れる。
葛鬼を斬る野獣郎。葛鬼倒れる。

美泥　……かあさん。

美泥のつぶやきと同時に、野獣郎と葛鬼の姿は消える。幻だったのだ。
刀を抜き呆然としている美泥。
と、いつの間にか雨が降っている。

美泥　雨……。
蛮嶽　雨じゃねえ。そいつがその刀の力だ。名前は、決めたな。
美泥　……涙丸《なみだまる》。
蛮嶽　涙丸。
美泥　そうだ。涙丸。
蛮嶽　……いい名前だ。今日からは、その刀がお前の代わりに泣いてくれるよ。
美泥　……先に行ってる。

美泥、刀を鞘に収めると黙って歩き出す。
その後ろ姿を見送る蛮嶽。

蛮嶽　……俺の代わりにもな。多分、俺には、人のために流す涙なんかありゃあしねえんだ。

と、晴明塚の向こうに大きな人影が浮かび上がる。聖なる塚に残る霊気が凝り固まったものだ。

蛮嶽　誰だい、お前さんは。晴明か、道満か。鬼か、妖かしか。……いや、それとも俺か。

晴明塚の〝気〟に何を見たのか、苦笑いをする蛮嶽。
と、影は消え、野獣郎が現れる。

蛮嶽　お前……。
野獣郎　また会ったな。
蛮嶽　いつからそこに……。
野獣郎　こいつらをとっつかまえてたら、妙な気配がしたもんでなあ。

と、錐蔵と甚五を引きずり出す野獣郎。

蛮嶽　なんだ、そいつら。
野獣郎　人の借金踏み倒そうってあこぎな奴らだ。
錐蔵　あこぎは、どっちだ。
甚五　銀二十枚って言ったじゃないか。それをいまさら三十枚って。
野獣郎　（甚五に拳骨）三十五枚。拳骨一回銀五枚。
蛮嶽　無茶苦茶だなあ。
錐蔵　そこのお方。お、お助けください。

蛮嶽　なんか目つきが悪いからいやだ。
錐蔵　え。
甚五　そんなことを言わずに。白ムチの旦那。
蛮嶽　絶対やだ。
野獣郎　おっとっと。余計な手出しは無用だぜ。俺はこいつらを使って秘密の作戦を決行するのだ。この目つきの悪い方を使って、地下から穴を掘って北の宮に潜入するとは、てめえのような馬鹿には思いつかねえだろう。
蛮嶽　全部言ってるぞ。
野獣郎　え。あ、し、しまったあ。また、貴様の妖術か！
蛮嶽　違うよ、てめえが単細胞なだけだよ。
野獣郎　なにー！
錐蔵・甚五　はははははは。
野獣郎　おかしくねえ!!
蛮嶽　いーや、おかしな野郎だよ、てめえは。まあいい。おめえが、そこまで大事な秘密打ち明けてくれたんだ。俺も一つ二つ話しときたいことがある。
野獣郎　話。
蛮嶽　俺の本当の名は、蘆屋蛮嶽。蘆屋道満の末裔だ。
野獣郎　芦屋雁之介？

蛮嶽　こんぶこんぶこんぶつゆ、こんぶをぎょうさんつこてるの。違う。体格は近くなったが違うの。蘆屋蛮嶽。言うならば、道満王の子孫ってわけだ。
野獣郎　道満王だと……。じゃあ、何か、てめえはてめえのご先祖様を倒そうってわけか。何が狙いだ。
蛮嶽　晴明蟲。
野獣郎　はじめてのチュウ？
蛮嶽　それは『キテレツ大百科』。言ってるお前は奇天烈な大馬鹿。
野獣郎　なにー！
錐蔵・甚五　はははははは。
野獣郎　おかしくねえってば!!
蛮嶽　まあまあ。安倍晴明の晴明に蟲と書いて晴明蟲。奴が残した永遠の命を得る秘法らしい。
野獣郎　永遠の命？
蛮嶽　『我、ふしきと化して、都の護りの礎とならん』……。この晴明塚に刻まれていた言葉だ。〝ふしき〟ってなあ、〝不思議〟のことだと思われてたが、不死身の鬼って字も当てはまる。
錐蔵　不死身の鬼……。
甚五　そういえば、都を護るために晴明様がその塚に自分の魂を封じ込めたって言い伝えが……。

蛮嶽　俺は、一族の長老にその話を聞いた。そいつを求めてこの京の都にやってきた。その旅の途中で美泥に出会ったってわけだ。

野獣郎　気にいらねえなあ。口の軽い奴は気にいらねえ。なんでそうやってペラペラしゃべる。

蛮嶽　ははは。そいつは道理だ。俺はお前の不死身の身体見てもしやと思ったんだが、どうやら関係ねえようだな。これだけ話しても、お前の〝気〟はピクリとも動かねえ。

野獣郎　くだらねえ、俺の身体はそんなんじゃねえよ。

蛮嶽　ただの話し損か。

野獣郎　損ならどうする。

蛮嶽　忘れてくれってわけにもいかねえか。

野獣郎　てめえの頼みなんざ聞く気はさらさらねえ。

そう言いながら、刀を抜く野獣郎。

一方、蛮嶽も仕込み筆の尻に鉄の棒をつなげて小槍程度の長さにしている。

蛮嶽　いいなあ、わかりやすくて。俺は、お前みたいな男、けっしてきらいじゃないけどね。

野獣郎　おめえにだけは好かれたかねえ。
蛮獄　そうかい。だったらしょうがねえ。
野獣郎　上等だ。

襲いかかる野獣郎。小槍筆で応ずる蛮獄。
蛮獄、甚五と錐蔵も狙う。

錐蔵・甚五　うわわ。

それを護る野獣郎。

野獣郎　そいつらはまだ使い道がある。手は出させねえ。

何手かかわした後、離れる二人。

蛮獄　ほお、こいつは驚いた。刀もつと人が変わるな。見くびってたよ。
野獣郎　てめえもな。遠慮なく口封じとは、口ほど綺麗な奴じゃねえのが気に入った。
蛮獄　そいつはどうも。どうでえ、気に入った同士、ここは一旦刀おさめるってのは。

野獣郎　なに。
蛮嶽　お互い道満王を狙う身だ。ここで怪我しても馬鹿らしいや。お互い協力して、奴をとっつかまえる。賞金はお前、道満王の身柄は俺。それでどうだ。
野獣郎　悪い話じゃねえな。
蛮嶽　おお、そうか。
野獣郎　相手がお前じゃなけりゃあな。
蛮嶽　おいおい。
野獣郎　てめえは俺がぶっ殺す。
蛮嶽　冗談じゃねえなあ。じゃあ、仕方ねえ。
野獣郎　どうする。
蛮嶽　逃げるさ。
野獣郎　逃がすかよ。

と、突然、蛮嶽とは反対側に美女の集団が現れる。

美女達　野獣郎さ～ん。
野獣郎　は～い。（と、笑顔で振り向く）

その隙をついて、背後から野獣郎に襲いかかる蛮獄。
が、野獣郎、逆に蛮獄を迎え撃ち斬撃。
煙とともに蛮獄消え去る。
同時に美女の姿も消える。
蛮獄が消えるのと同時に小さなわら人形が落ちてくる。美女達が消えた後にも人形が残る。

野獣郎 ちっ、逃がしたか。

錐蔵 (人形をひろい) 式神ですか。見事なもんだ。

甚五 式神、今のが? (と、女達の方の人形を拾う)

錐蔵 一度にあれだけの数の幻を見せるとは……。

野獣郎 放り投げろ。

錐蔵 え?

野獣郎 はやく!

錐蔵、あわてて袖に放り投げる。
爆発音。

錐蔵・甚五　うわわ！
野獣郎　爆薬入りだ。なんとも念入りなことだぜ。
甚五　こわい人達だ……。
野獣郎　まあいい、どうせ、北の宮で会えるんだ。ほら、なにしてる。いくぜ。
錐蔵・甚五　え。
野獣郎　お前達には、北の宮トンネルほりほり潜入作戦を決行してもらう。いいから、ついてこい。
甚五　ひ、姫様を助けてくれるんっすか。
野獣郎　その姫が美人ならな。
甚五　そりゃあもう。
野獣郎　ははーん、おめえその眠り姫とかに惚れてるな。
甚五　な、なんでわかるんすか。
野獣郎　ばかが。顔に書いてるさ。
甚五　え。
錐蔵　仕方がない。話しましょう。もとを正せば俺達は大工のせがれ。北の宮の増築の最中に姫と知り合い、こいつが姫に片思い。
甚五　その姫が魔物に取り憑かれ、なんとか助けてえと魔事師稼業に手を染めたってわけ……。

野獣郎、さっさと先に行く。

甚五　あー、待って下さいよ。何で聞いてくんないんですか。

後に続く錐蔵と甚五。

——暗転——

第四景

そして次の満月の夜。
北の宮。煌々と照る月の光の中、一人立つ若き姫君。意識はなく朦朧と足を進める。
彼女こそ妖怪の王に魅入られた、北の宮の眠り姫である。
彼女を止めるため駆けつける侍1、2。

侍1　姫、姫。お気を確かに。
侍2　お目覚め下され。姫。

そこに響く女の声。

声　無駄ですよ。人間などに姫の眠りが覚ませようはずがない。
侍1　なにい！
声　今宵もまた、北の宮の眠り姫は我等が王の一夜妻《ひとよつま》となられる。

侍1　何奴だ！
侍2　姿を見せろ！

と、歌声が響く。
現れる妖艶なる女妖怪。声の主、荊鬼《いばらぎ》である。お供の女妖怪達を引き連れての登場。
彼女が腕を一振りすると、その妖気に侍達は吹っ飛ぶ。
歌い踊る荊鬼を中心とする女妖怪。眠り姫も、荊鬼に操られるかのように、虚ろな表情のまま舞う。
曲が終わり、眠り姫をその腕にかき抱く荊鬼。

荊鬼　おお、その赤き唇、白き柔肌。姫よ、このまほろばの月の光にこそ、そなたの美しさはよく映える。

と、現れる婆娑羅鬼。

婆娑羅鬼　見事だなあ、荊鬼。あいかわらずおぬしのたぶらかしの舞は見事なものだ。
荊鬼　ふん、お前が言うと真《まこと》から出た言葉も嘘に聞こえるよ。何しにきた。
婆娑羅鬼　美しいなあ、美しい姫君だ。いつもいつも道満王が独り占めでは勿体ないとは思わんか。

荊鬼　思わないねえ。お前は女にだらしなさ過ぎるよ、婆娑羅鬼。

婆娑羅鬼　きついきつい。

と、そこに現れる野獣郎。続く錐蔵と甚五。

甚五　姫！

野獣郎　あれが北の宮の眠り姫。

錐蔵　そうです。

野獣郎　なるほどなあ。確かにいい女だ。てめえなんかにゃあもったいねえ。

甚五　旦那～。

婆娑羅鬼　野獣郎。

野獣郎　（婆娑羅鬼を見て）へえ、またあったな。

荊鬼　ふふん。この男かい、お前の腹に風穴あけたってのは。

婆娑羅鬼　まあ、そういうことだ。

荊鬼　人間の割には、いい男じゃないか。

野獣郎　おお、妖怪の割にはわかってるじゃねえか。

荊鬼　喰うにはちょっとばかり、筋が堅そうだけどね。

野獣郎　言ってな。

婆娑羅鬼　本当ならここで貴様の息の根とめるところだが、今は時間がない。運がいいと思え。

野獣郎　なに。

荊鬼　行くよ、婆娑羅鬼。

荊鬼と婆娑羅鬼、そして女妖怪達、眠り姫を連れて逃げ去る。

甚五　ああ、姫！

錐蔵　いくぞ、甚五。

野獣郎　待て。

甚五　でも。

野獣郎　もう一人いる。てめえら下手に動くと死ぬぜ。

錐蔵・甚五　え。

野獣郎　（背後に向かい）そこで見てる奴。ネタはわれてんだ。出てきやがれ！　出てこねえんなら、こっちからいくぜ！

野獣郎の声に誘われるように、飛び出してくる猿噛。有無を言わさず野獣郎に斬りかかる。受けて立つ野獣郎。

猿噛　よく気がついたな。さすがは獣の男だ。
野獣郎　へん、てめえだって同じような匂いがするぜ。
甚五　そいつ、何もんすか。
野獣郎　俺が知るか。わかってることは、ただ一つ。向かってくる奴は、斬る！
錐蔵　旦那、ひょっとしたら馬鹿？
野獣郎　うるせえや。

襲いかかる猿噛。彼の刀を手で摑む野獣郎。

野獣郎　もらったぁ！（斬撃）
猿噛　！（間一髪、刀を離して後ろにとびずさる）
野獣郎　ちっ！　かわしたか！
猿噛　……おもしろい技を使う。お前、名は。
野獣郎　物怪野獣郎。
猿噛　……名前の方がおもしろいな。
野獣郎　大きなお世話だ。
猿噛　また、会おう。

消える猿噛。

野獣郎　（甚五達に）おい。

甚五　え。

野獣郎　（背中の鞘を指し）……刀、入れてくれ。

錐蔵　自分で入れられないんですか。

野獣郎　手がとどかねえんだよ。

錐蔵　何で、そんな刀。

野獣郎　かっこいいだろ、その方が。

甚五　だったら、そんな刀にしなきゃいいのに。

野獣郎　ばか、男は見かけが肝心なんだよ。

錐蔵　まったくもう。（と、背中に刀を入れてやろうとする）

隙だらけの野獣郎。

と、そこにいきなり現れる猿噛。隠し持っていた熊手で野獣郎に襲いかかる。

が、それを予期していたのか、野獣郎、錐蔵のドリル槍を奪って、猿噛の腹に突き立てる。

猿噛　き、貴様……。
野獣郎　てめえの手管なんざお見通しなんだよ。

野獣郎、ドリル槍でとどめを刺す。倒れる猿噛。

錐蔵　あんた、わざと隙を……。
野獣郎　逃げると見せかけて不意をつく。こういう手合いが使う手口だ。なあ、こいつにも賞金かかってるのかなあ。
甚五　そんなわけないでしょ。
野獣郎　けっ。殺し損か。
甚五　それより早く……。
野獣郎　お前ら、女は心だと思うか、身体だと思うか。
甚五　何言ってるんすか、こんな時に。
野獣郎　さっきの姫様、ありゃあ肉の匂いがしなかった。それでもいいのか。
錐蔵　魂だけだったのか……。甚五、お前は姫の寝所に行け。俺の掘った抜け穴がある。
甚五　わかった。

駆け去る甚五。

錐蔵　旦那はこっちだ。あっちに逃げたんならこっちの抜け穴だ。
野獣郎　そんな、抜け穴ばっかり。
錐蔵　この穿ちの錐蔵、五歳の頃から穴掘りに目覚め、今ではこの都の地下という地下に錐蔵抜け穴ネットワークが作ってあるのだ。誰が呼んだか、平安京ミスタードリラー。
野獣郎　お前もよっぽど友達いなかったんだな。
錐蔵　いいぞう、抜け穴は。暗くてせまくて。うはははは。さあこい。（と、笑いながら去る）
野獣郎　わ、わかった。

半分首をひねりながらついていく野獣郎。
転がっている猿噛。
と、その場に西門が現れる。

西門　……面白いなあ。面白い、面白い。

と、そこに駆け込んでくる侍1、2、3、4。
侍1、2が仲間を連れてきたのだ。

侍1　おお、西門様。ご無事で。
侍2　さすがは西門様。妖かしを見事追い払いましたな。
西門　妖かし？
侍1　先程、女の妖かしが姫君を連れてここに。
侍2　一度はたぶらかされましたが、仲間を連れて舞い戻った次第。で、姫は。
西門　……美しい月ですねえ。
侍3　え？
西門　見事な満月だ。あれだけ完全な丸か、でなければ何もない虚ろなる新月。私はそういうのが好きなんですよ。
侍4　何を言っておられるのか……。
西門　せっかくだ。一差し舞って差し上げましょう。

扇を広げる西門。と、その扇で侍4の喉笛をかき斬る。

侍1　な、何を……。

驚く侍達の喉を次々に斬っていく西門。が、その動き、舞のように美しい。
侍達、全て倒れる。

西門　（扇を閉じて）……ふふん。どうにも血の騒ぎは抑えきれないか。まだまだですね、私も。

雪目が現れる。

雪目　西門様。
西門　どうも、あの男達を見ていると、はしゃいでしまいます。
雪目　こちらに。
西門　ええ。（猿嚙を見て）……私の道を清めたければ、自分で起きあがって来い。

と、ゆっくりと身体を起こす猿嚙。

猿嚙　（うなずく）……ぎょ……い……。

西門と雪目、猿巌、闇に溶ける。

☆

北の宮の奥。

魑魅魍魎とともに陣をしいている独言鬼。

独言鬼　……ふふん、この北の宮も今宵はまた随分と騒がしい。（ゆっくりと指さす）現れよ、潜みし者よ。

その声に導かれるように現れる美泥。

美泥　……しまった。

独言鬼　女一人のこのこと。いい度胸といえば聞こえはいいが、はっきり言って只の向こう見ず。

美泥　それは、どうかしら。（蛮嶽からもらった刀を抜く）

独言鬼　ふん、そんななまくら刀で誰が斬れる。お前達、今夜の晩ご飯だ。

魑魅魍魎、襲いかかろうとする。

その時、男達の声。

男達　そうはさせねえ、妖かしども！

現れる蛮獄一座の五人。
それぞれ棒状の得物を持っている。魑魅魍魎をなぎ倒すと見得を切る五人。

柿右衛門　渋毒柿《しぶどくかき》右《え》衛門《もん》。
蜂介　一《ひと》刺《さ》し蜂介《はちすけ》。
蟹兵衛　あぶくの蟹《かに》兵《べ》衛《え》。
栗満太　いがいが栗満《くりまん》太《た》。
臼六　うすらの臼六《うすろく》。
五人　我等、美泥親衛隊ミドロスキー5《ファイブ》！

ポーズをつける五人。

美泥　お前たち。
蜂介　置いてけぼりはつれねえっすよ。姉御。
蟹兵衛　俺達五人、たとえ地獄の釜が抜けようと一緒だって誓った仲じゃねえですか。

栗満太　姉御、お腹すいたっす。
美泥　しょうがない奴等ねえ。
独言鬼　……なんか、すごく弱そうだぞ。お前達。
五人　え。
独言鬼　お前達が来て、戦力150%ダウンという感じだ。

ぶっ飛ばした魑魅魍魎、起きあがる。

柿右衛門　なにー。おのれ。我等の力、見せてやろうぞ。
蜂介　うむ。
五人　姉御、よろしく。
独言鬼　人頼みか。
美泥　まかせて。
独言鬼　笑止！

うちかかる独言鬼。美泥の刀が彼の顔をかすめる。じゅうっと焼ける音。

独言鬼　なに。（顔をおさえて）そ、その刀……。

美泥　抜けば霊散《たま》る氷の刃。霊気は聖水となり、妖気を払う。

刀を大きくかまえる美泥。

シュウウッと霧雨の音。美泥親衛隊、棒状の得物を広げると傘になっている。

独言鬼　雨?

美泥　違うよ。刀が、泣いているのさ。

独言鬼　なに?

柿右衛門　説明しよう。

蟹兵衛　この霊剣に封じ込められた霊気は——。

蜂介　鞘から抜かれた瞬間、凝り固まって聖なる水となる。

臼六　その水は、邪悪を払い、魔を封じる。

栗満太　この水で炊いたら、ご飯もおいしい。

五人　その名も霊剣、涙丸。

ざんっざんっと魑魅魍魎を斬る美泥。

美泥　秘剣〝涙は女の最後の武器よ!〟。

消える魑魅魍魎。残るは独言鬼のみ。

美泥　（独言鬼に）さあ、あとはあんただけだよ。

そこに現れる荊鬼と婆娑羅鬼。

荊鬼　およしなさい、美泥。

美泥　あ、あんたは……。荊鬼の……おばちゃん。

荊鬼　随分と大きくなったねえ。おばちゃんは、余計だけど。

蜂介　……姉御。

臼六　……おばちゃん？

美泥　気にしないで。

婆娑羅鬼　独言鬼、その娘は大目に見てやってくれ。葛鬼《かつらぎ》の娘だ。

美泥　言うな。

蟹兵衛　葛鬼って。

婆娑羅鬼　おいおい、お前、たった一人の肉親を忘れたわけじゃあないだろう。俺だよ、婆娑羅鬼だ。お前のおじさんだ。

美泥　言うなと言っている！
荊鬼　そうやって、女だてらに刀振り回す気丈なとこなんて、あんたのかあさんそっくりだ。
美泥　その話はしないで。あの女とあたしとは、もう何の関係もない。
荊鬼　え？
美泥　あたしは、美泥。ただ、それだけ。母親が誰だろうと関係ない。
独言鬼　さて、それはどうかな。お前の仲間達の様子を見てみろ。
美泥　なに？
独言鬼　さっきまでの勢いはどこへやら。お前が妖怪の娘と聞いただけで、顔が青ざめているぞ。
蜂介　か、顔色が悪いのは生まれつきだ。
蟹兵衛　お、俺達は、そんなことで動揺するようなタマじゃねえ。
栗満太　お腹がすいてるだけだい。
婆娑羅鬼　そうか。じゃあいいことを教えてやろう。この女の母親は葛鬼という魔性の鬼でね。男をたぶらかしちゃあ、その生き肝を喰っていたのさ。どうせお前らも下心でこの女と組んでるんだろ。心の隙につけこまれて、喰うつもりで喰われなきゃいいけどなあ。
臼六　な、なにを言ってる。俺達は、姉御を……。

婆娑羅鬼　いや、もう魂を喰われちまった奴がいるか。
臼六　え。

と、突然臼六に襲いかかる柿右衛門。

臼六　な、なにを！

刀で臼六をめった斬りする柿右衛門。

蜂介　か、柿右衛門！
蟹兵衛　や、やめろ。
臼六　う、うわあああああ。

やみくもに婆娑羅鬼に襲いかかる瀕死の臼六。
婆娑羅鬼、臼六にとどめの一太刀。そのまま彼の死骸を袖に蹴り込む。

栗満太　う、臼六。
柿右衛門　（刀の血をなめて）もっと血がほしいですか、美泥様。

蜂・栗・蟹　う、うわあああああ!!

蜂介、栗満太、蟹兵衛、悲鳴を上げて逃げ出す。

荊鬼　どう、美泥。わかったかい。あれが人の本性ってやつさ。

独言鬼　ふ、地獄の釜が抜けようと一緒だと見得を切っていたわりには、冷たいものだな。

美泥　……そんなもんさ。

婆娑羅鬼　おや、これは冷静な。

美泥　この程度のことにはなれてるよ。許せないのは、人の心の弱みにつけ込む、あんたら妖かしのやり方だよ。柿右衛門、あんた、はなっから妖かしだったんだね。

笑い出す柿右衛門。美泥の言葉通り、柿右衛門の正体は、陰面羅鬼《いんもらき》という妖怪だった。

陰面羅鬼　んっふっふ。やっと気づいたざんすか、美泥様。

婆娑羅鬼　こいつの名は陰面羅鬼。俺の一の子分だよ。

美泥　京の都について、一座に加わってきたときからどうも気に入らないとは思ってたんだ。

陰面羅鬼　まあまあ、そう怒らないで。婆娑羅鬼様は、ずーっとあなたのことを気にかけてお

荊鬼　られたんざんすよ。
美泥　人と妖かしとは、しょせん交われないんだよ、美泥。
荊鬼　そうね、その通りだ。（刀を構え直す）
美泥　やるっていうの。
荊鬼　少なくとも、あんた達と戦っているときは、あたしは人でいられる。
美泥　……あんた、それで、幸せなのかい。
荊鬼　え……。
　　　葛鬼が人間の男に惚れて、妖怪仲間裏切って逃げ出した後も、あたしだけは何度か会っていた。人の言葉で言えば、親友みたいなもんさ。
美泥　親友？
荊鬼　不思議かい？　妖かしにだって心はあるんだ。でなきゃあ、自分たちの仲間捨てて人間の子供を生んで育てるような真似すると思うかい。葛鬼は言ってた。もし自分になにかあったら、娘は頼むって。頼まれた相手が自分たち殺しにくるとは、夢にも思わなかったよ。葛鬼はどうした。
美泥　……死んだよ。人間に斬られた。
荊鬼　え……。
美泥　あたしを喰おうとしてね。
荊鬼　！

美泥　あんた達の心なんてしょせんそんなもんだ。
荊鬼　そんな……。あの葛鬼に限って……。
独言鬼　どうやら説得は無駄に終わったようだな、荊鬼。
荊鬼　……でも。
婆娑羅鬼　これも定めだ、荊鬼。こうなればこの俺がとどめをさしてやるのが、唯一のなぐさめ。
美泥　何を勝手な。
婆娑羅鬼　誰も手を出すな。この娘を喰うのは俺だ。
荊鬼　待って、婆娑羅鬼。だったら、……だったら、あたしが。（刀を構える）
美泥　……ほうら、しょせんこうなるじゃないか。

そこに野獣郎の声。

野獣郎　おいおい、勝手は困るなあ。

野獣郎、登場。

野獣郎　こいつを喰らうのは、俺だ。ほかの奴等にゃ指一本ふれさせせねえ！

後から続いて登場の錐蔵。

錐蔵　ダメだ、こっちに姫はいないようだ。
野獣郎　そうか。
荊鬼　またお前か、しつこい男だねえ。
美泥　こんな所に駆けつけて、いいとこ見せるつもりかい。
野獣郎　そんなつもりはなかったが、いい男のところには自然と見せ場が回って来るんだなあ。
美泥　言ってろ。何があっても、お前だけは許しはしない。（刀をつきつける）
野獣郎　いい刀じゃねえか。ますます女っぷりがあがるぜ。
美泥　…………。
野獣郎　いいねえ、美泥。そうやって俺にらみつけてるときは、あのにやけ野郎のそばにいる時とは別人だ。惚れ直すぜ。
美泥　この男だよ。かあさんを斬ったのはこの男だ。
荊鬼　なに。

色めき立つ荊鬼と婆娑羅鬼。

野獣郎　（その様子に）そうか、てめえらもあの女の知り合いか。
錐蔵　だ、旦那。
野獣郎　錐蔵、こいつはとんだ所に飛びこんじまったなあ。
錐蔵　ほとんどあんたが原因じゃないのか。
野獣郎　美泥、蛮嶽はどうした。
美泥　お前の知った事じゃあない。
野獣郎　あの男のことだ。どうせその辺でよからぬ事を企んでんじゃねえか。
荊鬼　蛮嶽……。誰だい、それは。

そこに飛び出す蛮嶽。

蛮嶽　それは、俺です。
野獣郎　てめえ！
蛮嶽　天地網縄《てんちじょうもう》我に従え。アビラウンケン。（と、印を切る）

と、美泥を除き全員が金縛りに会う。

蛮嶽　よくやった、美泥。お前が時間を稼いでくれたんで、結界が完成したよ。
野獣郎　こ、この白ムチ野郎。
婆娑羅鬼　また新手か。なんだよ、その白ムチは。
陰面羅鬼　芥蛮嶽ざんす、その白ムチが。
荊鬼　そうかい、その白ムチが。
錐蔵　確かに白ムチだ。
独言鬼　すごい白ムチだ。
蛮嶽　やかましい！　白ムチ白ムチうるさいわい！（陰面羅鬼に）特に貴様、人のことが言えた義理か！

シュンとする一同。

美泥　蛮嶽、臼六がそいつに。（と陰面羅鬼を指す）妖かしだったのよ、柿右衛門も。
蛮嶽　みてえだな。
美泥　……知ってたの？
蛮嶽　ああ。
美泥　じゃあ、なんで今まで。
蛮嶽　うまく使えば、妖怪達とのつなぎにならあ。

美泥　え……。
野獣郎　てめえ、なんのつもりだ。
蛮嶽　おめえはついでだ、おとなしくしてろ。
野獣郎　ついでだと。
独言鬼　何を考えている、貴様。
蛮嶽　……俺は、できれば人と妖怪は共存できねえかって思ってる。
美泥　……蛮嶽。
蛮嶽　まだ、お前にも話してなかったな。京の都の結界が破れた今、道満王は国中の妖かしを集めて、人に対して大戦争を始めようと企んでるそうじゃねえか。そうなりゃ、人も必死だ。西門たちは、お前さん達を滅ぼすぜ。
荊鬼　そう簡単には……。
蛮嶽　いかねえかもしれねえ。が、結局、人が勝つ。安倍晴明が生きていれば、な。
野獣郎　晴明蟲か。
蛮嶽　その通りだ。安倍晴明が残した秘法、その力は、今の世にも生きてる。しょせん怨霊は生きてるものにはかなわねえんだよ。そのかわり。
美泥　そのかわり。
蛮嶽　晴明蟲の秘密を手に入れたら、それはおめーらにも教える。
一同　え。

蛮嶽　人と妖怪、両方とも同じ力を持ってりゃあ、うかつなこともできめえよ。
美泥　えーっ。蛮嶽、それは。
蛮嶽　もったいないか？
美泥　もったいないよ。こんな奴等にゃ宝の持ち腐れだよ。人間の世が妖怪の世に変わるだけだよ。
蛮嶽　今だって似たようなもんだ。
美泥　蛮嶽。
蛮嶽　もういい。今は俺達が言い争ってる時じゃねえ。……どうでえ、荊鬼さんよ。道満王の居場所はどこだ。
荊鬼　ばかだねえ。そんなこと言うわけないだろう。人間の男の口車に乗るほど、若くも甘くもないんだ。
蛮嶽　確かにね。まあ、はなっから簡単に教えてくれるとは思ってねえさ。そのためにここに潜んで結界を張ってたんだ。
荊鬼　ふん。人間などに捕まる道満王さまだとお思いかい。
蛮嶽　なんとかするつもりだけどね、俺としちゃあ。
婆娑羅鬼　たいした自信だな。
蛮嶽　お前達にも協力してもらうのさ。
錐蔵　おお。どこを掘る。

蛮嶽　いや、掘らなくていい。お前もついでだ。
錐蔵　ついでなんだ……。
野獣郎　当たり前だろ。
陰面羅鬼　なにするつもりざんす。
蛮嶽　お前達を依代《よりしろ》にして、ここに道満王の魂を導く。
独言鬼　なんだと。そんなことが……。
蛮嶽　できるかできねえかまあ見てな。急哈如律令！

蛮嶽の呪文により、ふすまほどの大きさの木枠に白い紙を貼ったものが現れる。
小槍筆を構える蛮嶽。

蛮嶽　貪狼《たんろう》、巨門《こもん》、禄存《ろくぞん》、文曲《もんごく》、廉貞《れんじょう》、武曲《むごく》、破軍《はぐん》、北天の七つ星よ、我を導け。

言いながらポーズをとる蛮嶽。

蛮嶽　八《や》百万《およろず》の神と蘆屋蛮嶽の名の下に問う。荊鬼、道満王の色は。
荊鬼　金色《こんじき》！（意志とは別に口からでる）

蛮獄、点を一つ、白紙に打つ。

蛮獄　婆娑羅鬼、道満王の住処は。
婆娑羅鬼　丑寅！
蛮獄　独言鬼、道満王の気は。
独言鬼　陰陽！
蛮獄　陰面羅鬼、かの星は。
陰面羅鬼　孤高！
蛮獄　その命は。
荊鬼　永遠！

答えるたびに点を打っていく蛮獄。

蛮獄　見てろ。こいつが、道満王の魂だ！　アビラウンケン！

五つの点をつないで形にする蛮獄。
その形は五芒星！

蛮嶽　なに!?

意外な展開に自分でも驚く蛮嶽。
それもそのはず、五芒星は安倍家の紋。
と、突然の落雷にも似た轟音。
紙を破って、仮面に甲冑の道満王現れる。

一同　道満王!
蛮嶽　天地縄網《てんちじょうもう》、不空羂索《ふくうけんさく》、一切自縛《いっさいじばく》。ウンハッタ!

光の網が道満王を包む。
道満王の動きが止まる。

蛮嶽　かかりやがった!
野獣郎　蛮嶽、俺を解き放て。そいつは俺が殺《や》る!
蛮嶽　馬鹿、落ち着け。道満王、俺は蘆屋蛮嶽。あんたに話がある。

その時、道満王が細かく震え出す。地鳴りのような声が響く。

道満王　ウオオオオオオッ。
蛮嶽　なに。
道満王　絶《ぜっ》！

蛮嶽の結界を破り自由になる道満王。
同時に、他の者達の金縛りも解ける。
術を解かれた反動で、よろける蛮嶽。

蛮嶽　ば、ばかな！
美泥　蛮嶽。（駆け寄る）
蛮嶽　ここまで力が強いとは……。

剣を抜き構える野獣郎。

野獣郎　あー、やっと自由になれた。礼を言うぜ、道満王。

道満王、地の底から響くような不気味な声で、指示する。

道満王　劫罰《ごうばつ》。
独言鬼　道満王はこう言っておられる。「地獄に落とせ」。

その声と同時に現れる魑魅魍魎。

野獣郎　どうやら、聞く耳もたねえようだな。
蛮獄　罠にかけたつもりで窮地におちたか。こいつはとんだドジだ。

野獣郎、蛮獄、美泥、錐蔵を取り囲む妖怪達。
妖しく立つ道満王。

野獣郎　結局、逃げ道は一つってことだ。
錐蔵　え。
野獣郎　あそこだよ。（と、道満王を指す）そうだな、蛮獄。
蛮獄　確かにな。
美泥　どうしたの、宗旨替え？
野獣郎　こいつは一人で倒せるが、あの怪物はちっと無理だからな。二人であいつを倒した

蛮嶽　後に、ゆっくり蛮嶽を斬る。
錐蔵　手前勝手だが、筋は通ってらあ。いいだろう。その話乗った。
野獣郎　やれるのか、奴が。
蛮嶽　さあて、どうだろうな。
美泥　が、やるしかねえだろう。あとの結果は……。
野獣郎　結果は？
　そいつは二幕のお楽しみだ！

刀をふりかざす野獣郎。
『野獣郎見参』の文字が大きく書かれた中幕が落ちてきて、舞台を隠す。

〈第一幕・幕〉

第二幕　晴明王

第五景

北の宮の奥。
妖怪達と野獣郎達の戦いは続いている。
駆け込む美泥。
現れる荊鬼と婆娑羅鬼、陰面羅鬼。

荊鬼　馬鹿だねえ。逃げ切れると思ってるのかい。
美泥　おばちゃん。
荊鬼　しょせんは妖怪。荊鬼とお呼び。
美泥　くそう。（刀を構えるが躊躇する）
婆娑羅鬼　どうした。迷ってるぞ、剣先が。そんなことで俺達が斬れるのかな。
美泥　…………。（ひるむ）
婆娑羅鬼　禁断の壁を越えてこそ味わう快楽もある。この婆娑羅鬼様の力も魅力も今教えてやるよ、その身体にたっぷりとな。ふっふっふっふっふ。

笑いながら美泥に歩み寄る婆娑羅鬼。
と、美泥の後ろに野獣郎と蛮獄が現れる。

婆娑羅鬼　（それを認めて）ふっふっふっふっふ。（と笑いながら、歩み寄ったのと逆回しのように後ろに下がり）やれ、陰面羅鬼。

陰面羅鬼　え。

婆娑羅鬼　俺の強さは、こいつが充分教えてくれるだろう。

陰面羅鬼　婆娑羅鬼様〜。

野獣郎　お前達じゃあ役不足だ、道満王を出せ。

と言ってる間に現れる道満王と独言鬼。

野獣郎　——と、言ってる間に現れやがったな。いくぜ！

道満王に打ちかかる野獣郎。

蛮獄　ばか、あわせろ。

蛮嶽も打ちかかる。
道満王対蛮嶽&野獣郎。
野獣郎、一旦離れ怪訝な顔。

野獣郎　（道満王に）……てめえ、人間だな。
蛮嶽　なに。
野獣郎　肉の匂いがするぜ、太刀筋に。
美泥　なに、適当なこと言ってるの。
野獣郎　適当じゃねえよ。女が一人一人抱き心地が違うように、刀交えたときの感じが全然違うんだ。（蛮嶽に）おめえが百戦錬磨の隣の奥さんなら、こいつは、妙なことに若い生娘の匂いがする。
荊鬼　おや。欲求不満かい。
野獣郎　言ってろ。
蛮嶽　なるほどねえ。一理あるかもな。

突然、道満王の攻撃が激しくなる。
押される蛮嶽と野獣郎。形勢は不利に。

蛮嶽　口は災いの元か。

美泥　蛮嶽！

　　と、その時、真言を唱える声。

声　オン・カラカラ・ビシバク・ソワカ。

　　彼方に顔を笠で隠した僧の姿が浮かび上がる。顔を隠した風鏡《ふうきょう》である。

風鏡　オン・ソンバニソンバ・ウン・ギャリカンダギャリカンダ・ウン・ギャリカンダハヤ・ウン・アナウヤコク・ギャバン・バザラウンハッタ。日光月光《にっこうがっこう》・愛宕《あたご》・摩利支天《まりしてん》・不動明王・守護せしたまえ。オン・ソンバニソンバ・ウン・ギャリカンダギャリカンダ・ウン・ギャリカンダハヤ・ウン・アナウヤコク・ギャバン・バザラウンハッタ。つなぎ留めたる津まかいの綱、行者解かずんば、解くべからず。オン・カラカラ・ビシバク・ソワカ。

　　彼が唱える不動明王金縛りの秘法に苦しむ妖怪。

独言鬼　な、なんだ、この声は。

荊鬼　か、身体が……。
婆娑羅鬼　金縛りか。
陰面羅鬼　ど、道満王さま。

一瞬、道満王の動きも鈍くなる。
その隙をついて、蛮嶽と野獣郎のツイン攻撃。刀を飛ばされて、二人の得物を手で
掴む道満王。
真言の声大きくなる。
道満王、蛮嶽と野獣郎を突き放す。

道満王　オン・アビラウンケン。

印を切り姿を消す道満王。
同時に消える妖怪達。
と、風鏡の姿も消えている。

野獣郎　なんだってんだ、いったい。
蛮嶽　急場はしのげたってことだ。しかし、あの真言は……。

野獣郎、床にうずくまっている。

蛮嶽　どうした。
野獣郎　汗だ。汗の匂いがする。
蛮嶽　道満王のか。
野獣郎　ああ。何が怨霊だ、あの野郎。いくぞ。匂いが消えないうちに追うぜ。
蛮嶽　わかった。

何かいいたそうに蛮嶽を見ている美泥。

蛮嶽　（美泥の視線に気づき）どうした。
美泥　何のために戦ってるの、あたし達。
蛮嶽　え。
美泥　あたしは、蛮嶽が晴明蟲手に入れて、西門たちにかわってこの世を牛耳ると思ってた。そのために、あたしは……。
蛮嶽　勘違いするな。俺はそんな器じゃねえよ。
美泥　そういう器だよ。あんたはこの世の王になる、そういう器だ。

蛮嶽　もういい。
美泥　でも……。
蛮嶽　……お前ならわかってくれると思ったんだけどな。妖かしと、人の血を持つお前だったら。
美泥　わかるさ。どっちのどうしようもなさもね。だから、あんたが……。
蛮嶽　もういい。やめろ。
美泥　蛮嶽……。
野獣郎　はは、くだらねえ。
蛮嶽　なに。
野獣郎　てめえも、ずいぶんとくだらねえとこで惚れてるんだな。妖かしだろうと人だろうと、んなこたあどうでもいいじゃねえか。
蛮嶽　じゃあ、おめえはどこに惚れてるんだ。
野獣郎　やりてえからだよ。
美泥　けだもの。
野獣郎　やりてえなあ。（明るく笑う）
美泥　馬鹿。
野獣郎　おめえがいい女だから、やりてえんだ。ほかに何の理由がいる。
美泥　…………。

蛮獄　…………。

睨み合う三人。
その時、地面から錐蔵が顔を出す。

錐蔵　行ったかな。あ。（と、野獣郎を見て再び潜ろうとする）
野獣郎　ばか、俺だよ。
錐蔵　あんたが一番こわい。
蛮獄　かもな。まあ、いい。いくぜ。
野獣郎　指図は受けねえ。
蛮獄　お願いしてんだよ。道案内を。
野獣郎　なら、いい。こっちだ。
錐蔵　あ、おい、待てよ。

駆け出す野獣郎。後を追う錐蔵。
ちらりと美泥を見ると駆け出す蛮獄。
一瞬考えるが、後を追う美泥。

☆

北の宮。眠り姫の寝所。
寝台に眠っている北の宮の眠り姫。頭の部分から斜めに高くなっていて、客席に顔が見えるようになっている。
そっと忍び込んでくる甚五。

甚五　姫。よかった。身体は無事か。

眠り姫のそばによる甚五。

甚五　梨花姫《りかひめ》。梨花姫。甚五です。

ゆさぶるが目を覚まさない。

甚五　畜生、妖怪の野郎め。待っててくだせえよ。今、妖気を払ってさしあげやすぜ。

金槌をだすと、姫の片足を持ち上げ膝小僧を叩く。ぴょんぴょんあがる姫の足。

甚五　よし、脚気はなし。って全然ダメじゃねえか。何をやってるんだ、俺はー。畜生、道満王の野郎。

その時、入ってくる雪目と女官達。
あわてて物陰に隠れる甚五。
彼女たちの後から道満王が入ってくる。
雪目を中心に五芒星の形に立つ女官達。
その星の中央に道満王が立つ。
道満王が手を挙げると、眠り姫、目を開けて立ち上がり、道満王のそばに寄る。
女三人、それぞれ声を発する。和音になる。歌うように秘詞《ひめことば》を発する。

雪目達　あはりや　あそばすとまうさぬ　せいめいたいしん　もとつみくらに　かえりましませ。

歌に呼応するように、身体が輝く道満王。歌が終わると、眠り姫再び目を閉じ横になる。道満王、仮面をとる。
中から現れたのは西門の顔。道満王は、安倍西門だったのだ。

雪目　お帰りなさいませ。西門様。

西門　ご苦労。

雪目達、西門の鎧をはずし出す。

雪目　どうなさいました、ひどい汗。
西門　汗。……かきましたか、私が汗を。
雪目　ええ。
西門　地べたを這うドブ鼠も侮れないものですね。
雪目　え。
西門　……あの蛮嶽という男、正体を現しましたよ。奴の狙いは、晴明蟲だったようです。
雪目　やはり……。
西門　そしてここにも鼠が一匹。

西門、ぐいと手で引っ張る仕草。

甚五　（転がり出る）ひ、ひいっ。（蒼ざめ）みてません、あっしは何にもみてません。
西門　……お前は、確か野獣郎と一緒にいた……。
甚五　ちがいやす、ちがいやす。

甚五、一歩前に出て。

甚五（ナレーション）　あんたは誰。おいらはほんとにあなたの事知りません。

元の位置に戻って。

甚五　ここはうまく言い逃れて、なんとしても逃げださなくっちゃ。道満王が安倍西門だったなんて、おっどろきー。

西門　心の声と肉声が反対ですよ。

甚五　あー、しまったー。あまりに動揺して。

西門　オン・カラカラ・ビシバク・ソワカ。（言いながら指で五芒星をかく）

甚五の動きがとまる。

西門　雪目。

雪目　はい。

雪目、甚五の懐から黒水晶のような玉を抜き出すと、西門に渡す。

雪目　この鼠の魂にございます。

女官達、西門が脱いだ鎧を甚五につけ出す。

西門　ふうむ。これは見事に真っ黒ですね。

甚五　ひ、ひいいっ。（逃げようとするが動けない）

雪目　ほほ。その身体はすでに西門様のもの。

西門　あわてることはない。せっかくだから、なぜこんなことをしているのか、その理由をきいていってください。

以下、話している間に雪目と女官達で甚五の着替えを行う。
甚五、顔は嫌がっているが身体は西門に操られているのか、着替えを積極的に行う。
西門はもともとの衣装に戻る。

西門　安倍晴明の墓を壊して、京の都の結界を破ったのは私です。

甚五　え。

西門　晴明塚に眠る安倍晴明の力。私は、どうしてもその力が欲しかった。公家や武士達ではなく、我ら陰陽師が再びこの国を動かせるようにするために。

甚五　よく、わかんないんすけど……。

西門　安倍晴明は、生きているのですよ。私の中で。これぞ、晴明蟲の秘法。不死の力を手に入れたのです、この私が。

甚五　不死……？

西門　ところが、その力はあまりにも強すぎた。月に一度は憎悪の気を発散させないことには、この身がもたないのですよ。それで思いついたのが蘆屋道満の怨霊という仕掛け。強力な妖怪が出現すれば、我ら陰陽師の力もより誇示できるわけです。もっとも、あなたの連れの単純男のように勘の鋭い奴もいますからね。自分の気配を消すためにこの姫を依代《よりしろ》に使った。自分の気をこの姫にあずけ、この姫の気をまとったわけです。これなら相当の術者にも私の正体は見破れない。

甚五　……そんな、そんなことのために……。

西門　最近はこの都も乱れてますねえ。男を知らぬ乙女がめっきり減ってしまいました。しかも、霊感が強く、月の満ち欠けと月の物の周期がぴったり重なっているのは、彼女しかいなかった。

雪目　なんでも、出入りの大工の小僧かなにかに一目惚れして操を立てていたとか。下賤な男に心を寄せるから、そういうことになる。

女官達　馬鹿な女。
甚五　そ、それじゃ……。てめえら、許せねえ！（駆け寄ろうとするが動けない）
西門　そうですねえ。許せませんねえ、道満王という輩は。退治されなければなりますますいねえ。

と、ここまでで二人の着替えは終えている。

甚五　ま、待て。ちょっと待て。お前ら……。
西門　仮にも妖怪の王です。死にっぷりは鮮やかにお願いしますよ。（仮面を被せる）よろしく。
女官達　（悲鳴）あれーっ！
雪目　誰か、誰かーっ！　道満王でございますー！

かけ込んでくる細川虎継。

虎継　どうした！
雪目　おお、虎継殿。道満王でございます。
虎継　なにー。

西門　なぜ、ここに。
虎継　あのにやけ魔事師ごときに妖怪が倒せるわけがないと思い、この虎継自らこの屋敷の警護にあたっておったのじゃ。
西門　これは、百人の陰陽師よりも強いお味方。私が結界を張っております。この部屋より外へは逃げさせません。とどめをお願いします。

西門が黒水晶をかざすと、仮面の甚五、刀を抜いてかまえる。

虎継　やい、道満王、ここであったが百年目。六尺あまりの怪物黒鯛を叩き斬ったる剛剣鯛切《たいきり》。その切れ味とくと知れい。
西門　よくわからんが、とにかくすごい。
雪目・女官　ふれー、ふれー、と、ら、つ、ぐ。

甚五道満王と虎継の戦い。
虎継、甚五を袈裟懸け。
そこに駆け込む野獣郎、美泥、蛮嶽、錐蔵。

美泥　道満王。

蛮嶽　まさか。

倒れる甚五道満王。

虎継　やった。……やったぞ、おい。

甚五に駆け寄る蛮嶽。仮面をはずして素顔をさらす。すでにことされている甚五。

蛮嶽　こいつぁ……。
錐蔵　甚五ーっ！（駆け寄り遺骸を抱き起こす）しっかりしろ。甚五！
蛮嶽　駄目だ。もう、手遅れだ。
錐蔵　こんな、こんな馬鹿な……。
野獣郎　その通りだ、錐蔵。こいつが道満王だと。冗談じゃねえ。
虎継　（野獣郎に睨まれて）な、なんだ、ぬしは。
西門　確かに、妙ですね。こんな大工上がりに妖怪が束ねられるわけがない。虎継さん、妖怪にたばかられましたね。だからいわんことじゃない。
虎継　え、でも、西門どのがとどめをって……。
西門　いやだな。私は、怒りをとどめて、落ち着いてっていったんですよ。

雪目・女官　そうそう。
虎継　えー、で、でも。
野獣郎　（虎継を殴る）てめえ！（刀を抜く）こいつにはなあ、銀三十五枚の貸しがあったんだ。どうしてくれる！
蛮嶽　（野獣郎を羽交い締め）まて、野獣郎。
野獣郎　うるせえ、止めるとてめえもたたっ斬るぞ。
美泥　野獣郎、落ち着いて。

と、突然、眠り姫の口からおおお～んという声が発せられる。気品のある、しかし悲しい声。歌のようにも聞こえる。ゆっくり起きあがり、甚五の亡骸に歩いてくる眠り姫。呆然とする一同。姫、甚五を抱き起こすと、ゆっくりと西門を指さす。

眠り姫　どう……まん、おう。

驚く一同。野獣郎の反応が一番早い。

野獣郎　わかった！

西門にうちかかる野獣郎。

西門　（斬撃をかわして）なにをする！

野獣郎　何、しらばくれてやがる。てめえが道満王だ。

美泥　野獣郎、そりゃ早合点よ。

西門　そこのお嬢さんが言う通り。何の証拠がある。

野獣郎　証拠？　そこの姉ちゃんの言葉だけで十分だ。

西門　なにぃ。

野獣郎　俺はな、百の理屈よりきれいな姉ちゃんの一言を信じることにしてんだよ。

西門　戯言を。ならばお前はきれいな女性《にょしょう》が死ねと言えば死ぬのか。

野獣郎　ああ、死ぬね。

蛮嶽　あ、ばか、答えるな。

西門　もう遅い。ならば問おう。（雪目を指し）この女性を抱きたいか。

野獣郎　え？

雪目　野獣郎さま～ん。

野獣郎　いいねえ。いい女だ。

西門　お前はどうだ。

雪目　死んじゃえ。ばか。

野獣郎　…………。

西門　さあ、死なれよ、野獣郎殿。

野獣郎　やあ！（自分の腹に刀を突き刺すと倒れる）

美泥　野獣郎！

蛮獄　ばかが。みすみす言霊の術にかかりやがった。

美泥　え？

蛮獄　自分が吐いた言葉にあやつられる。俺が使ったのと同じ手だ。

虎継　おお、あのときの。

西門　ふほほ。愚か愚か。この陰陽頭に刃を向ける愚を犯すから、そのざまだ。

蛮獄　西門、おのれは……。

西門　おや、呼び捨てですか。蛮獄さん。

倒れている野獣郎の間合いに入る西門。

その時、猿噛が現れる。

猿噛　あぶない、西門様！

野獣郎が飛び起き、西門に打ちかかるが、一瞬早く西門飛び退く。
猿嚙、野獣郎と西門の間に入る。

猿嚙　お気をつけください。それが奴の常套手段。
西門　なるほど。
野獣郎　ちっ、しそんじたか。
蛮嶽　ずいぶん乱暴な手を使うな。
野獣郎　ふん。てめえは西門の手下だったか。生きていたとはしつけえ奴だ。
猿嚙　貴様に言われる筋合いはない。
西門　猿嚙と言います。以後お見知りおきを。
錐蔵　じゃあ、やっぱり道満王は……。
蛮嶽　西門。俺が道満王の魂を描いたときに現れた印は五芒星。晴明紋といわれるてめえの家の象徴だ。てめえが道満王なら納得がいかあ。

いいながら小槍筆の先を刃物に変える蛮嶽。

虎継　西門、おぬし。（詰め寄る）

その刀を奪い、逆に虎継を斬る西門。

虎継　な、なにを……。

西門　わざわざここまでこなければ、もう少し生きられたものを。でしゃばりは早死にするということです。

虎継　お、おぬしは……。

西門、斬撃。虎継を袖に蹴り込む。

西門　……まいったなあ、まいったまいった。まさか貴様らのようなはぐれ者たちに正体暴かれようとはな。確かに私が道満王だ。いや、それだけではない。蛮嶽、お前がほしがっていた晴明蟲は、確かに私が手にしている。

蛮嶽　なに。

美泥　じゃあ、なんで道満王退治を命じた。

西門　余興だよ。少し力のある者が相手じゃないと、物足りなくなってね、貴様達相手なら少しは面白く戦えるかと思ったが、いや、遊びが少し過ぎたかな。

野獣郎　錐蔵、なにぼやぼやしてやがる。その姫さん連れて逃げろ。

錐蔵　え。

野獣郎　こいつが、おとなしく本音吐くタマか。ここにいる連中皆殺しにするつもりだぜ。その女は救えば金になる。

錐蔵　姫、梨花姫、しっかりしろ。

正気を取り戻す眠り姫こと梨花姫。

梨花姫　（錐蔵を見て）あ、あなたは……。（倒れている甚五に気がつく）甚五様!!

野獣郎　いけ、錐蔵。

錐蔵　わかった。姫、こちらです！

錐蔵、梨花姫と甚五の亡骸を引っ張っていく。

野獣郎　いくぜ、白塗り。

蛮獄　待て、西門をやる前にどうしても聞きたいことがある。

野獣郎　晴明蟲か。知ったことか。そんなもん手にしたってどうせろくな事に使いやしねえんだよ。

蛮獄　なに。

野獣郎　不老長寿の秘訣なら俺が教えてやらあ。我慢しねえことだ。斬りたいときに、斬りたい奴をぶったぎる。それが一番だ。

西門にうちかかる野獣郎。西門、かわす。

蛮嶽　よせ、この単純野郎が！

西門　その通りだ。蛮嶽、お前に私は斬れない。

雪目・女官　お前には斬れない。（印を組む）

蛮嶽　しまった。言霊か！（動きが止まる）

西門　ふはは、愚か愚か。蛮嶽、お前もご先祖様同様、術を盗まれる運命だったようだな。

蛮嶽　なに。

西門　もともと不老不死の秘術は蘆屋流に伝わっていたもの。それに目をつけた晴明様は、道満をだまして手に入れ完成させた。恨んだ道満は復讐しようとして返り討ちにあった。それが晴明と道満の戦いの真相だ。

蛮嶽　なんだと……。

野獣郎の前に猿噛が立ちはだかる。

野獣郎　くたばりぞこないが！

うちかかる野獣郎の剣を素手でつかむ猿噛。

西門　ふはは。二人とも自分の得意技で死ぬがいい。

動けない野獣郎を斬ろうとする西門。

蛮獄　俺の手は俺じゃねえ、俺の足は俺じゃねえ。オン、アビラウンケン！（西門の術を解く）

西門　なに⁉

西門を背後から襲う蛮獄。彼の得物が西門を貫く。

西門　ば、ばかな。

蛮獄　言霊返しだ。自分の術を破る方法は、自分でも考えてらあ。

猿噛　なに！

その隙をついて猿噛を斬る野獣郎。

倒れる猿嚙。

西門　おのれ！

打ちかかろうとする西門。
蛮嶽、その西門に二度三度斬撃。
西門の血で真っ赤に染まる蛮嶽。

西門　な、なぜだ、晴明蟲。お前は私に永遠の命を……。（ハッとして）まさか、お前……。

西門、虚空に手をのばす。
その先にある蛮嶽の顔。
彼の顔が西門の血で汚れる。

西門　……せ、晴明様。あなたは、私に何を……。

崩れ倒れる西門。

野獣郎　蛮嶽、てめえ……。
蛮嶽　……馬鹿野郎、斬っちまったじゃねえか。
美泥　……これで晴明蟲もぱあね。

が、むくりと起きあがると高笑いする西門。その声は地から響くよう。西門とは別人の声のようでもある。

西門　ふはははは。さて、それはどうかな。……西門死すとも晴明は死なず。いや、より強くなって蘇る。どうも、ありがとう。

西門、消える。

野獣郎　消えた？

突然、雪目と女官達、トランス状態に入る。うおお～んという歌声。
頭を抱える蛮嶽。

美泥　どうしたの⁉

蛮嶽　……ち、血だ。……血が、俺の身体を……。
野獣郎　美泥、離れろ！
美泥　なんで!?
野獣郎　匂いだ。肉の匂いが急に変わってやがる。
美泥　なに？
蛮嶽　……そうか。今こそわかった。この血が晴明蟲なのか。
美泥　血が？
蛮嶽　そうだ。この血は生きている。おそらく晴明は、自分の血に呪いをかけたんだ。自分自身をその血に封じ込めるように。晴明蟲とは、晴明の意志を持つ血だ。その血に触れた者は、己の血を喰われ、やがて身体を晴明の意志に乗っ取られてしまう。
美泥　待って。それじゃあ、蛮嶽、あんた……。
蛮嶽　美泥、逃げろ。もうすぐ俺は、俺じゃなくなる。……いや、（声が変わる）もう遅い。
美泥　蛮嶽！

駆け寄ろうとする美泥の手を掴んで引きずり寄せる野獣郎。

美泥　はなせ、はなせ、馬鹿。
野獣郎　馬鹿はてめえだ。てめえまで、あんな化け物になりてえか。

雪目、女官、トランスが解ける。
気を失い倒れる女達。

蛮嶽　（笑い出す）いいぞ、いい。この身体もなかなかいい。今度は、道満の子孫か。いや、長生きはするものだな。
美泥　蛮嶽、なに言ってんの。しっかりして。
蛮嶽　まあ待て。今、この男の記憶を喰う。……なるほど、物怪野獣郎に、美泥か。西門を倒すとは大したものだな。かえっていい身体を手に入れたかもしれん。
美泥　蛮嶽！
野獣郎　逃げるぞ、美泥。こんな化け物相手にしてたら、命がいくつあってもたりゃしねえ。
美泥　化け物じゃない。蛮嶽だ。
野獣郎　まだ言ってんのか、馬鹿。
蛮嶽　そうは、いかん。（立ちはだかる）おとなしくその女は置いてゆけ。
野獣郎　なにぃ。
蛮嶽　この身体が、妙にその女をほしがってる。転生したばかりで血がたりない。その女の血なら、この身体も喜ぶ。
野獣郎　天下の安倍晴明も、ずいぶんと手前勝手なことを言うもんだな。

蛮嶽　世の中、きれい事だけでは進みはせぬよ。

野獣郎　同感だ。だけど、そうはさせねえ。（刀をかまえる）俺は、人から命令されるのが一番嫌いなんだ。特に、その顔をした男から命令されると、無性に腹が立つ。――いけ、美泥。

美泥　野獣郎……。

野獣郎　てめえを喰うのは俺だ。ほかの奴等に喰わせはしねえ。いけえ！

美泥　でも……。

野獣郎　ぐずぐず言うな。犯すぞ、このアマ！

野獣郎の顔は真剣。
その迫力に押されるように、走り去る美泥。

蛮嶽　愚か者が。身の程を知れい！（うちかかる）

うける野獣郎、蛮嶽を斬ろうとするが。

蛮嶽　どうする。斬れるか、お前に。

野獣郎　なに。

蛮嶽　斬れば、お前が私になる。この血を浴びたお前が私になる。お前の不死身の身体なら、私はそれでもかまわぬが。
野獣郎　く。（動きがとまる）
蛮嶽　ほう、馬鹿でも我が身がかわいいか。
野獣郎　なめるな。血を流さなくても、てめえの息の根とめる技くらいあるぜ。
蛮嶽　どうする。
野獣郎　殴り殺す！（刀を捨て打撃技で蛮嶽を襲う）

野獣郎の渾身の拳が蛮嶽に決まる。が――。

蛮嶽　効かぬよ。その程度の力では。（あざ笑う蛮嶽）
野獣郎　なにい。

襲いかかる野獣郎。が、その野獣郎の攻撃をかるくさばく蛮嶽。

蛮嶽　遅い遅い。（と、野獣郎の右腕を掴む）
野獣郎　くそ。
蛮嶽　さて、お前の不死身の身体。骨をへし折られると、どのくらいの時間で直るのかな。

野獣郎　なに。
蛮獄　まず右腕。
腕をねじりあげ、へし折る蛮獄。
野獣郎　うおおおおっ！
蛮獄　次は左だ。
左腕もへし折る。
野獣郎　ば、馬鹿野郎。なめるな……。
蛮獄　右足。そして左。
野獣郎を蹴転がし、右足を摑み、足首を折る。続いて左。
野獣郎　て、てめえ……。まだ、負けてねえぞ。
それでも起きようともがく野獣郎。

蛮嶽　そうだ、その程度でくたばってもらっては困る。その不死身の秘密、ゆっくりと解き明かさせてもらおう。（野獣郎を殴る）

気絶する野獣郎。
印を切る蛮嶽。

蛮嶽　晴明蟲の力のもとに目覚めよ、お前達。

ゆっくりと起きあがる猿噛と雪目達女官。
と、そこに現れる妖怪達。
荊鬼、婆娑羅鬼、陰面羅鬼、独言鬼。

蛮嶽　現れたな、京の都に潜む妖かしどもよ。
荊鬼　これは……。
婆娑羅鬼　（野獣郎を見て）ははは。こいつはとんだざまだな。（蛮嶽に）仲間割れかい。
独言鬼　道満王はどうした。
蛮嶽　奴か。奴ならば死んだ。道満王の正体は、安倍西門。

妖怪達　なに。
蛮嶽　お前達は西門の術にたばかられていたのだよ。
荊鬼　そんな……。
陰面羅鬼　西門が……。
蛮嶽　が、案ずるな。その西門は死に、今宵よりこの私がおぬしらの王。
独言鬼　ふざけたことを。

襲いかかる独言鬼。一撃で倒す蛮嶽。

蛮嶽　この晴明蟲の力の下に従え、独言鬼。
猿噛　従え、独言鬼。
独言鬼　（起きあがり）……御意。
婆娑羅鬼　……独言鬼。
荊鬼　美泥は、あの子はどこ。
蛮嶽　心配するな、あの女は殺さない。今はまだ、な。
荊鬼　……あなた、何者。
蛮嶽　我が名は晴明王。この蘆屋の男の肉体に安倍晴明の力を持つ者。
婆娑羅鬼　安倍晴明！（と、襲いかかろうとする）

蛮嶽　（その婆娑羅鬼を、念でとめ）あわてるな。貴様ら妖かしが私に従うのならば、この都は貴様らにやろう。

婆娑羅鬼　なにい。

蛮嶽　道満王に代わり、貴様ら妖かしは我が僕《しもべ》となれ。我に従えば人の血と肉はぬしらのものだ。但し、我に刃向かえば己の血を流すことになる。

その迫力に呑み込まれる妖怪達。

蛮嶽　よいな。

うなずく妖怪達。

蛮嶽　猿噛。その男、暗黒洞に放り込んでおけ。

猿噛　は。

野獣郎を抱えて消える猿噛。
不気味に笑う蛮嶽。

——暗転——

第六景

京の都を焼き払っている妖怪達。
逃げまどう侍達。
それをあざ笑う荊鬼、婆娑羅鬼、陰面羅鬼、雪目達。
侍所の地下。傷ついた侍達がいる。
その世話をしているのは、梨花姫。手伝っている錐蔵。
入ってくる細川猫継《ほそかわねこつぐ》。虎継の弟だ。が、顔は猫髭がはえているだけの違い。

猫継　姫、こんなところで何をしておられる。
梨花姫　私にできるのは、このくらいです。
猫継　このような汚れた場所、姫にはふさわしくありませぬぞ。はやくご自分の寝所にお戻り下さい。
梨花姫　一度は道満王に憑かれた身体、今更きれい事を言って何になりましょう。私はせめて、この傷ついた人々を癒して差し上げたい。

猫継　いいえ、それでは示しがつきませぬ。この細川猫継の目の黒いうちは、そんな勝手は許しませせぬ。

割ってはいる錐蔵。

錐蔵　いまや、将軍様のお屋敷も焼け人はみなこの地下の穴蔵に潜むご時世だ。好きなようにやらせてあげればよかろう。あなたとて、道満王に兄君を殺された身の上。姫のお気持ちはわかるだろう、猫継殿。

猫継　ええい、大工魔事師風情が偉そうに。

梨花姫　何を言っているのです。錐蔵様がこつこつこつこつ地下道を掘っていなければ、今頃私たちは雨露をしのぐ場所さえなかったのですよ。

錐蔵　ふふん。掘りますよ、私は。

猫継　……勝手にしろ。

立ち去ろうとする猫継。

梨花姫　猫継様。傷のお手当を。

呼び止め、猫継の額に絆創膏を貼る梨花姫。

猫継　（侍達に）ええい、そんな傷くらいで情けない。立て。入口を固めるぞ。

立ち去る猫継。立ち上がり後に続く侍達。
その猫継の後ろ姿を見ている錐蔵。

錐蔵　なにが弟だ。ひげだけじゃねえか、違いは。
梨花姫　…………。
錐蔵　すみませんでした。
梨花姫　え。
錐蔵　甚五を守れなくて。
梨花姫　いえ、そんな。
錐蔵　あいつは小さいときからおっちょこちょいで、俺が目を離すと、いつも落とし穴に落ちて。掘ったのは俺なんですけど。それが、まさかあんなことに。
梨花姫　ご自分を責めるのはおやめください。錐蔵様は出来る限りのことをやられました。
錐蔵　姫……。
梨花姫　梨花は感謝しております。

錐蔵　……俺は、穴を掘るしか能のない男です。

と、侍達の悲鳴が聞こえる。
転げてくる猫継達。

猫継　お、お逃げ下さい。姫！
錐蔵　どうした！
猫継　奴等が、妖かしどもが。
錐蔵　なにい。つけられたな、猫継。

そこに現れる荊鬼、婆娑羅鬼、陰面羅鬼。

陰面羅鬼　おやおや、こんなところにまだ人間共が。
婆娑羅鬼　そこにいるのは北の宮の姫君か。こんな穴蔵で何をしておられる。
荊鬼　婆娑羅鬼、あんまりはしゃぐんじゃないよ。
婆娑羅鬼　わかってるよ。が、その程度のお目こぼしは晴明王もしてくれるだろう。
猫継　え、ええい、者共、かかれ。かかれ。

と、いいながら猫継は一番後ろにいる。
打ちかかる侍達をなぎ払う荊鬼達。

猫継　ひ、ひいい。（逃げようとする）

荊鬼　（猫継を捕まえて）だめだよ。一軍の将が部下を見殺しにしちゃあ。

猫継　す、すまん、悪かった。許してくれい。

荊鬼　こんな男の精を吸っても仕方がないが。

猫継の顔をつかむと集中する荊鬼。

猫継　う、うわわわわわ。

意識を喰らわれ倒れる猫継。

婆娑羅鬼　といいながら喰らうところが、妖かしの哀しい性《さが》か。

荊鬼　ほんとにねえ。

猫継の亡骸を袖に蹴り込む婆娑羅鬼。

梨花姫　猫継殿！
陰面羅鬼　さあて、次はお姫様。
錐蔵　させるか。（ドリル槍を構える）

そこに現れる美泥。手に涙丸。

美泥　相手が違うんじゃないかい。荊鬼。
荊鬼　美泥……。
美泥　あんたらが探してるのは、あたしだろう。

妖怪達の前に立ちはだかる美泥。
その隙に、物陰に下がる錐蔵と梨花姫。

荊鬼　その通りだよ。お前、そうやっていつまで、一人で逃げ回ってるつもり？
美泥　いつまでも、さ。あたしの願いがかなうまではね。
荊鬼　馬鹿をおいい。この都の光も闇も、すでに我等妖かしのもの。もう、誰に隠れることなく生きてゆける。あんたもいつまでも意地張ってないで、そろそろ、その身に

美泥　流れる妖かしの血に従ってもいい頃だ。
荊鬼　そんな戯言《たわごと》聞く気はないよ。
婆娑羅鬼　やれやれ、意地っ張りな女だねえ。
（と、蛮嶽の気配を察して）荊鬼。

現れる蛮嶽。後ろに雪目を従えている。

美泥　現れたね。
蛮嶽　よくぞ、生きていた。さすがはこの身体が一度は見込んだ女。
美泥　勝手なことを。――晴明王、都を焼き、罪なき人を殺して、それが伝説の陰陽師のやること？
蛮嶽　……お前の望みではないのか。
美泥　あたしの……？
蛮嶽　この男の記憶に残っている。お前は西門にかわり、この男がこの世を牛耳るのを望んでいたはず。なぜ、そんなに怒る？
美泥　……（涙丸を抜く）許せない。
蛮嶽　ほう、他人の血が流されるのが許せないか。ずいぶんとまっとうな女になったものだな。

美泥　そんなんじゃない。今になってやっとわかった。蛮嶽は、あたしの夢だった。夢みたいなことばかり言ってたけれど、あの男と一緒なら今日と違う景色を見せてくれる気がしてた。でも、今は違う。
蛮嶽　違う?
美泥　あたしの中の蛮嶽まで、あんたは殺してるんだ。あんただけは絶対許せない。
蛮嶽　今がひどければ、思い出までも崩れてしまうのかね。お前の想いも随分と浅いようだな。
美泥　なに。
蛮嶽　禅問答はやめておこう。美泥、お前に贈り物を用意しておいた。
美泥　贈り物……。
蛮嶽　こい、葛鬼。

蛮嶽の声に応じて、霧の中から現れる葛鬼。妖しい笑みを浮かべて美泥の前に立つ。

美泥　……まさか。
蛮嶽　そう、お前の母親、葛鬼。
荊鬼　そんな……。
婆娑羅鬼　(荊鬼に) お前も知らされてなかったのか。晴明王様が、死ぬ前の姉上を蘇らせてくれたんだ。

葛鬼 ……美泥。大きくなったねえ。

美泥 ……かあさん……。

葛鬼 大きくなったあんたは、さぞおいしいだろうねえ。（と、美泥に襲いかかる）

美泥 なに⁉

婆娑羅鬼 もっとも、死ぬ間際の彼女だから、お前を喰いたくて喰いたくてたまらない想いを胸に蘇ったようだなあ。

笑う一同。但し蛮嶽と荊鬼は別。
美泥に襲いかかる葛鬼。

美泥 やめて、かあさん。（蛮嶽に）なぜ、なぜ、こんなこと⁉

蛮嶽 ……会いたがっていたではないか。もう一度、母親に。あの時、自分を喰おうとしたのはなにかの間違いだと、斬った野獣郎を憎むことで、そう信じたがっていたではないか。

美泥 ……そんな。

一瞬、美泥の動きが止まる。と、その背中に葛鬼の斬撃が決まる。

美泥　ぐ！

葛鬼　……ほら、きれいな血。（なめて）おいしい。（微笑む）

美泥　……かあさん。（蛮嶽に）おのれー。

やみくもに蛮嶽に打ちかかる美泥。

予想外に早い彼女の動きに虚をつかれ、涙丸の切っ先が蛮嶽の頰をかすめる。頰を押さえる蛮嶽。

雪目　晴明王さま！

美泥　貴様は、どこまで人の命をもてあそぶ！

蛮嶽　……お前は、自分の血を吸う蚊を殺すのに、ためらったことがあるか。

美泥　なに……。

蛮嶽　すべての命は、私の前ではおもちゃのようなものだ。

美泥に斬りつける蛮嶽。

が、美泥は倒れない。

美泥　……まだよ。まだまだ。そんな男に殺されてたまるもんですか。
葛鬼　いいねえ、美泥、いい顔だよ。我が子ながら惚れ惚れするねえ。
陰面羅鬼　うひょひょひょ。葛鬼様、とどめを。
美泥　くそお。

錐蔵、飛び出る。

錐蔵　加勢するぞ、美泥。
美泥　やめときな、あんたにかなう相手じゃない。
錐蔵　わかってるさ。が、今お前を見殺しにしたら、甚五の時と一緒だ。

梨花姫も出てくる。

梨花　その通りです、錐蔵様。この梨花も及ばずながら。
婆娑羅鬼　おやおや、情に流され早死にか。まったく人間とは愚かな生き物だ。

そこに男達の声。

男達　愚か者はここにもいるぜ！

現れる蜂介、蟹兵衛、栗満太。

蜂介　大丈夫っすか、姉御！
蟹兵衛　遅くなってすみません！
栗満太　でもお腹は満腹！
美泥　お、お前達……。
蜂介　すまねえ、姉御。俺達心を入れ替えた。
蟹兵衛　許してくれ。
栗満太　ごっつあん。
陰面羅鬼　ばかが、今頃のこのこと。餌食にしてやるざんす。

襲いかかる陰面羅鬼。
が、栗満太と蟹兵衛が持つ石の棍棒に殴り倒される。

婆娑羅鬼　なに!?
蜂・蟹・栗　はーっはっはっは。

蜂介　ちったあおどれえたか。よくも人間に化けて臼六の命を奪ったな。覚悟しやがれ。
蟹兵衛　こいつは、晴明の墓石で出来た棍棒だ。晴明の霊力がたーっぷり染み込んでる。
栗満太　いくらてめえらでも、そう簡単に手出しはできめえ。
蜂介　そしてこいつは、(銃のようなものを出す) 傷によくきくマキロンだ。(引き金を引いて美泥にしゅっしゅっと吹きかけると、妖怪達に) ここから先は俺達の見せ場なんだよ。
蟹兵衛　さ、姉御。
栗満太　今のうちに。
錐蔵　よし、来い。こっちだ!

傷だらけの美泥をひっぱり、逃げようとする錐蔵達。
が、その行く手に現れる独言鬼。

錐蔵　くそう。
独言鬼　そう簡単に逃がしはしない。
陰面羅鬼　んっふっふ。お前らの見せ場は、ほーんの一分だったようざんすねえ。
蜂・蟹・栗　ち、ちきしょ~。

逃げ場を押さえられた人間達。
妖かし達、一斉に襲いかかろうとする。
その時、妖かし達の斬撃から、美泥をかばうように割って入る荊鬼。

荊鬼　やめんかい、このばかたれどもが！
婆娑羅鬼　なに。
葛鬼　荊鬼、そいつはあたしの獲物だよ。
荊鬼　哀しいねえ、葛鬼。せっかく逢えたってえのに、そんなあんたになっちまったとは。
独言鬼　何のつもりだ。
荊鬼　この荊鬼はね、いったん頼まれたことはきちんとやり遂げるのが誇りなんだ。この子には、誰だろうと手出しはさせない。葛鬼、たとえ相手があんただろうとね。
葛鬼　おのれ、荊鬼。
荊鬼　美泥、お逃げ！
美泥　荊鬼のおばちゃん……。
荊鬼　妖かしの心も、ちっとばかり見せとかないとね。こんな馬鹿しかいないと思われる。
婆娑羅鬼　馬鹿はどっちだ。やれ、陰面羅鬼。
陰面羅鬼　承知。

その陰面羅鬼の攻撃をはねかえし、逆に彼を倒す荊鬼。

婆娑羅鬼　陰面羅鬼！

蛮嶽　ほほう。どうやら本気のようだな。

荊鬼　妖かしにも五分の魂。痩せても枯れてもこの荊鬼、そう簡単にやられはしないよ。さあ、お逃げ。美泥！

錐蔵　その魂、ありがたくいただいた。（蜂介達に）さあ、美泥を連れて。姫もはやく。

美泥　おばちゃ〜ん！

駆け去る錐蔵と梨花姫。
蜂介達に引きずられていく美泥。
追おうとする妖怪達の前に立ちはだかる荊鬼。

荊鬼　こんな戯れ事をいつまでお続けですか、晴明王。これで妖かしの楽園がくるとは、とうてい思えませんが。

蛮嶽　（動じない）やれ。

荊鬼に襲いかかる独言鬼、婆娑羅鬼、葛鬼。善戦する荊鬼。彼女の剣が独言鬼を貫く。

独言鬼　ぐ……。
荊鬼　さあ、お次はどいつだい。
　ひるむ婆娑羅鬼、葛鬼。
　が、やられたはずの独言鬼が、荊鬼を背後から襲う。
荊鬼　なに⁉
独言鬼　その程度では、私は死なぬ。
荊鬼　そんな。……お前も不死身。
蛮獄　それもまた安倍晴明の秘術だ。
荊鬼　……お、おのれ。
　蛮獄に一太刀浴びせんと進む荊鬼。
　一斉に襲いかかる妖怪たち。彼らの刃が荊鬼の身体に突き刺さる。
荊鬼　……美泥。

事切れる荊鬼。

独言鬼　まったく、いらぬ手間をかけさせる。

婆娑羅鬼　いくぞ、姉上。

葛鬼　ああ。

美泥の後を追う妖かし達。

雪目　晴明王さま……。

蛮嶽　(頬の傷にふれ) 案ずるな、かすり傷だ。……が、このままには、できんな。

美泥が逃げた方を見やる蛮嶽。

☆

羅生門。

駆け込んでくる蜂介、蟹兵衛、美泥を背負っている栗満太、そして錐蔵と梨花姫。

蟹兵衛　風鏡の旦那は?

蜂介　まだみてえだ。

錐蔵　風鏡？
蜂介　偉い坊さんですよ。彼に出会ったおかげであっしらの性根も入れ替えられた。
蟹兵衛　この棍棒も風鏡さまがくれたんでさあ。
栗満太　さあ、ここまでくれば一安心だ。

背中の美泥をおろして横たえさせる。
蜂介、蟹兵衛、栗満太、美泥の前で土下座。

三人　すいませんでした、姉御。
蜂介　あっしらが馬鹿でした。
蟹兵衛　一生ついて行きます。
栗満太　だから許しておくんなせえ。
三人　(再び土下座) ごめんなさい。

が、ぴくりとも動かない美泥。
その様子に、慌てて彼女の様子を見る梨花姫。その表情がこわばる。
あわてて錐蔵も美泥の様子を見る。

錐蔵　……遅かった。
蟹兵衛　え？

駆け寄る蜂介。美泥の様子を見る。

蜂介　息してねえよ。美泥の姉御。
栗満太　うそ。（美泥の様子をみる）
蟹兵衛　姉御、姉御……。……そんなまさか。
蜂介　……死んじまった。……美泥の姉御が……。

呆然とする一同。

——暗転——

第七景

暗闇。暗黒洞だ。
手足をもがれて壁に磔にされている野獣郎。眠っている。身体には生命維持装置のようなチューブが巻きついている。
辺りに転がっている彼の手足。彼の前に立ち、孔雀明王真言をとなえている風鏡。
笠に隠れて顔は見えない。

風鏡 オン、マユラギ、ランテイ、ソワカ。オン、マユラギ、ランテイ、ソワカ。ハッ！

風鏡の気合い。目覚める野獣郎。

風鏡 おお、目覚めたか。（笠をあげる。その顔は西門にうりふたつ）
野獣郎 て、てめえは西門！ まだ、生きてやがったか！（もがこうとするが、自分の手足がないことに気づく）あーっ！ な、なんだ、こりゃ。お、俺の手足をどこへやった。

風鏡　これか？（近くに転がっていた左脚を拾う）
野獣郎　違う。俺の足はもっと長い。
風鏡　（その脚で野獣郎をこづく）うそつけ。こんなところで見栄張ってどうする。これが、お前さんの脚だ。
野獣郎　さ、西門、てめえ。
風鏡　私は風鏡。西門の兄だ。
野獣郎　なに？
風鏡　北の宮で道満王に対して術をかけた坊主を覚えていないか。
野獣郎　え、あ、あの時の。
風鏡　思い出してもらえたようだな。
野獣郎　しかし、なんで……。
風鏡　本来なら、安倍の家は長男の私が継ぐはずだった。が、あの野心に満ちた弟は自分の父親をその手にかけて、安倍家を乗っ取ったのだ。私はさっさと逃げ出した。仏門に入り浮き世を捨てたというわけだ。
野獣郎　そりゃ、話が出来すぎだ。
風鏡　信じないんならそれでもいい。いまから二時間、『それいけ風鏡くん、流れ旅だよ人生は』を聞く気かね。
野獣郎　いや、それはまたの機会に……。

風鏡　賢明だ。物語も終盤だ。私の人生を長々と説明している時間はない。要点だけ言う。野獣郎、お前を救いにきた。
野獣郎　救う？
風鏡　これ以上、晴明蟲の犠牲者を出すわけにはいかん。あの蛮嶽と西門にまともに渡り合ったのはお前くらいのものだ。お前だけが頼りなのだよ。
野獣郎　……てめえは？
風鏡　え？
野獣郎　てめえは、どうなんだよ。もともとてめえの弟がまいた種だ。自分でなんとかしろい。
風鏡　私は、力の限り、お前を見守り続ける。
野獣郎　おい。
風鏡　御仏曰く、命あっての物種。
野獣郎　なに、威張ってるんだよ。
風鏡　私を怒らせたいのか。
野獣郎　俺が悪いんじゃないだろう。兄弟そろって身勝手な奴等だぜ。
風鏡　いいのか、このままじゃ、あの美泥という女もあぶないぞ。
野獣郎　なに！
風鏡　心配するな。今、助けを出している。ここにつれてくるはずだ。

野獣郎　なら、いいけどよ。
風鏡　が、時間がないのも確かだ。よいか。（と、懐から水晶玉をだす）これぞ、死人返しの玉。
野獣郎　死人返し？
風鏡　晴明蟲が、生きた血に永遠の命を与える術ならば、これはその逆。失った身体を呼び戻す。空海が唐より持ち帰りし稀代の秘宝。高野山より私がこっそりかっぱらってきた。
野獣郎　そうか。よおし。それで、どうやって蛮嶽を、晴明蟲をどうやってやっつける。
風鏡　……え？
野獣郎　今のままじゃ、うかつに斬ることもできやしねえ。なんか手はねえのか。
風鏡　……つまり、あれだ。血を流さずに殺せばいいのだから、……殴り殺せ。
野獣郎　それは試した。その結果がこれだ。
風鏡　……毒を飲ませろ。
野獣郎　どうやって。へたに飲ませようとしても、気配を感じるぞ。
風鏡　……都中の井戸に毒を投げ込めば、どっかで飲むだろう。
野獣郎　都中の人間殺してどうすんだよ！　ショッカーじゃないんだから。
風鏡　まったくだ。まじめに考えろ。
野獣郎　それは、こっちの台詞だよ。

風鏡　そういえば、蘆屋の家には晴明蟲を封じる秘法があったと聞くが、肝心の子孫に乗り移られちゃ、手も足も出ない。今のお前のようなものだ。はっはっは。

野獣郎　おかしかねえ！　もーいいもーいい。こんなとこで漫才やっててもラチはあかねえ。はやく、元の身体に戻せ。あとのこたぁ、それからだ。

風鏡　その意気やよし。（玉をかまえ）いくぞ、生活続命《しょうかつぞくめい》の秘法。オン、マユラギ、ランテイ、ソワカ。オン、マユラギ、ランテイ、ソワカ。ハッ！

轟音。光がきらめく。静寂。
野獣郎に変化はない。

野獣郎　……おい。……おい。なんも、かわんねえぞ。

風鏡　…………。

野獣郎　おい、風鏡！

風鏡　……美泥、遅いな。ちょっと様子を見てくる。

野獣郎　あ、てめー、失敗したな。

風鏡　野獣郎、明日という日は明るい日と書くのだ。がんばれよ。（逃げるように立ち去る）

野獣郎　なんだよ、その意味のないはげましは。何しに出てきたんだよ、てめーは！

風鏡の背中に罵詈雑言を投げかける野獣郎。一人残される。闇が身にしみる。

野獣郎 ……ちっ。物怪野獣郎ともあろうもんが、へたうったぜ。

突然、闇から笑い声が響く。

野獣郎 誰でぇ!?

野獣郎が殺した魑魅魍魎達が浮かび上がる。

野獣郎 ……てめえらか。……おかしいか、この俺の格好が。てめえらぶち殺した俺がこのざまだ。さぞ、いい気味だろうな。けっ、笑わば笑え。

魑魅魍魎消え、甚五の幻が浮かび上がる。

野獣郎 ああ、甚五か。てめえには銀四十枚の貸しがあったな。いいぜ、三途の川の渡し賃だ。貸しはチャラにしてやらあ。先にいってろ。なに? 銀三十五枚だ? けっ、死んでまでせこい野郎だ。(甚五が何やら喋っている) なに? ああ、わかったよ。

甚五が消え、葛鬼の幻、浮かび上がる。

野獣郎　おう、あんたか。娘はいい女に育ったぜ。

葛鬼、頭を下げる。

野獣郎　へへ、礼を言われる筋合いじゃねえ。あんたがぶった斬ってもらいたがってたから、やったまでだ。お互い業ってなあ厄介なもんだな。

と、もう一人現れる人影。

野獣郎　なんだ、まだいるのか……。

それは美泥である。

野獣郎　て、てめえ！　美泥、なぜ、てめえまで！

幻達、美泥に手招きする。

野獣郎　待て、おい！　てめえまでやられちまったってのか。冗談じゃねえ！　待て！

美泥、野獣郎を見てちょっと驚くが、何か納得したように、彼に向かって微笑む。
その表情は今までになく柔らかい。

野獣郎　ばか、なんでそんな目で俺を見る。人間あきらめたらおしめえなんだよ！　いかせねえ。てめえだけは、いかせねえぞ！　腕ぇー、俺の腕ぇー、その辺にすっころがってんなら、そいつを摑んで放すんじゃねえ！

と、雷鳴。稲光。
転がっていた腕が、美泥を摑んでいる。美泥の目に生気が戻る。

美泥　……や、野獣郎……。

野獣郎　くたばらねえぞ、絶対、くたばらねえ。てめえが生きている限り、俺はくたばらねえ！

再び落雷。光に呑まれ消える死者の幻達。美泥の姿もない。
そのかわりに五体が復活した野獣郎が、仁王立ち。

野獣郎　そうだ、俺は物怪野獣郎。無理を通して、道理をけっとばす、不死身の男だ！

刀を抜き払う野獣郎。再び雷鳴。

——暗転——

第八景

羅生門。
美泥の亡骸を横たえて呆然とする蜂介と蟹兵衛、栗満太。錐蔵、梨花姫。
と、現れる風鏡。手に錫杖。

蜂介　ふ、風鏡さま。
風鏡　どうした、美泥は。無事助けられたか。
蟹兵衛　そ、それが……。（美泥を指し示す）
風鏡　死んだのか、ばかな!?（のぞきこむ）

突然、目をさます美泥。

美泥　西門！（と、風鏡を殴る）
蜂・蟹・栗　姉御！

風鏡　（ほほを押さえて）い、生きてるじゃないか。
美泥　西門、しぶとい男ね！（刀に手をかける）
蜂介　待って、ちょっと待って。
蟹兵衛　別人、別人。
美泥　別人？
風鏡　私は風鏡、西門は私の弟だってば。
美泥　でも……。
風鏡　君もこれから二時間、私の苦労話を聞きたいのか。もうラストにむけて突っ走るだけと思っているお客さん達の期待を裏切って、そうするだけの勇気が君にあるのか。
美泥　わかった、信じます。
梨花姫　美泥さん、よくご無事で。
錐蔵　さっきまで息がなかったんで心配したぞ。
美泥　……三途の川っぷちで、ケダモノに犯される夢見てた……。（表現ほどいやではない表情）

よくわからない一同。

美泥　……で、その風鏡さんがなんの酔狂であたし達を助けるわけ。

風鏡　四神相応《しじんそうおう》、という言葉を知っているか。
美泥　四神相応？
風鏡　北に玄武、南に朱雀、東に青龍、西に白虎の神を置き、都を護る風水の秘術。それを安倍晴明は己の血にかけた。玄武には朱雀、青龍には白虎、二つの組み合わせを持つ二重螺旋の晴明蟲が、人の血を晴明の血に書き換えていく。が、失敗もある。
美泥　……失敗？
風鏡　西門から蛮嶽に伝わるところで何かが変わってしまった。どうやら、その間違いをただせるのは今の所、私しかいないらしい。
美泥　え？
風鏡　今の晴明蟲は、ただ破壊衝動で動いているだけだ。力を使いたくてたまらないのだ。その高ぶりを鎮めるには、もう一回、安倍の血を交えないといけない。
美泥　安倍の血？
風鏡　そうだ。今度は、西門の逆をやればいい。この血を奴に浴びせかける。
美泥　それじゃ、あんた、自分を犠牲にすることに……。
風鏡　そうだよ。それがいやだから、こうやってみんな助けて、誰かになんとかしてもらおうとしてんじゃない。はい、説明終わり。あと、よろしく。（と、去ろうとする）
一同　おーい。（と、とめる）

その時、妖気が流れる。

蜂介 ……姉御。

風鏡 どうやら、感づかれたようだな。

婆娑羅鬼、葛鬼、雪目が現れる。

婆娑羅鬼 みつけたぞ。美泥。

美泥 晴明王はどうした。

雪目 お前らごとき、我らだけでも充分。(風鏡に微笑む)お久しぶりです、風鏡どの。

風鏡 雪目か……。

雪目 なぜですか、風鏡どの。安倍の家に関わる者ならば、この晴明王に従うが道理。なぜ、下賤の者に与するような愚かな真似をなさる。

風鏡 ……安倍の家はとっくに捨てたよ。

雪目 そうですね、あなたはすぐに何もかもお捨てになる。家も女も……。

風鏡 それは……。

雪目 そのお命もね!

襲いかかる雪目。受ける風鏡。

風鏡　やめろ、雪目。お前も魂を、あの男にとられたか。
美泥　風鏡さん。
梨花姫　無理しないで、美泥さん。
蜂介　まだ、傷が癒えてねえ。俺達にまかせろ。

婆娑羅鬼、葛鬼、雪目相手に棍棒をふるう蟹兵衛と栗満太。

蟹兵衛　風鏡和尚にいただいた晴明塚の棍棒に――。
栗満太　この栗満太の馬鹿力。おにぎりから棒とはこのことだ。
錐蔵　鬼に金棒。それを言うなら鬼に金棒。
栗満太　うまい棒?
蟹兵衛　もーいーもーいー。いくぜ、妖怪。
蜂介　よし行け、蟹兵衛、栗満太。怪我ならまかせろ。（銃を構えてシュッシュッとマキロンを吹く）
蟹・栗　おーい!

と、猿囓が現れる。
蟹兵衛の棍棒をかいくぐり彼に斬撃。

蟹兵衛　バカ野郎、そんな傷。蜂介!

蜂介　おう!(蟹兵衛にマキロンを吹く)

今度は栗満太を斬る猿囓。
栗満太にマキロンを吹く蜂介。

蟹兵衛　(いったん立ち直るがすぐによろける)だめだ、きかねえ。

蜂介　なに。

栗満太　蜂介〜。

蟹兵衛と栗満太に二度三度、猿囓の斬撃が決まる。蜂介の治療むなしく倒れる二人。

蜂介　ちっくしょう!

刀を抜き猿囓に襲いかかる蜂介。が逆に猿囓に返り討ち。懸命にマキロンを自分に吹きかけて戦うが歯が立たない。

猿皭　無駄だ。俺はどこを責めれば人が死ぬか知り抜いている。そんな薬は役にはたたん。

蜂介　くそうくそくそくそ！

やみくもに襲いかかる蜂介。猿皭、とどめの一撃。蜂介、倒れる。

美泥　蜂介！

猿皭　……話にならんな。

美泥　この、猿親父！

美泥と猿皭の間に割ってはいる婆娑羅鬼。

婆娑羅鬼　まてまて、その女は俺の獲物だ。なあ、姉上。

美泥　婆娑羅鬼。

婆娑羅鬼　俺はなあ、ずうっとお前を狙っていたんだよ。人と妖怪の混ざった血はうまそうだからな。それに、母親に殺されたって無念が加わればもう最高だ。

美泥　なに。

婆娑羅鬼　葛鬼がお前を殺すようにしむけたのは、俺だ。子を生んで妖力の衰えた姉上を操るくらいこの婆娑羅鬼様にかかればたやすいこと。
美泥　そんな。
葛鬼　(婆娑羅鬼の声が重なる) お前の血は、おいしそうだねえ。
錐蔵　なんて野郎だ……。
梨花姫　……ひどい。
婆娑羅鬼　野獣郎なんて馬鹿男がでてこなきゃあ、あのときお前の血がすすれたんだけどな。まあいい。いい女ぶりになったもんだ、待ったかいもある。
葛鬼　能書きはいいだろう、婆娑羅鬼。あたしは、この子の血が吸いたくてたまらないよ。
美泥　……おのれらは！
婆娑羅鬼　かかれ、葛鬼。
野獣郎(声)　そうはさせねえ！

と、稲光。轟音。そこに立つ野性の男。
物怪野獣郎、再び見参！

美泥　野獣郎！
野獣郎　美泥、生きてたか。約束通り地獄の淵から帰ってきたぜ。

美泥　……じゃあ、あれは夢じゃなかったのか……。
野獣郎　あたりめえだよ。
風鏡　そうか。きいたんだな、死人返しの玉が。ふむ、私の作戦通りだ。
野獣郎　うそつけ。（婆娑羅鬼に）やい、そこの顔色の悪いの。聞かせてもらったぞ。そんなに血が吸いてえんなら、たっぷりてめえの血を吸わせてやる。
美泥　待って。その男は、あたしがやる。
婆娑羅鬼　できるかな。お前に。
葛鬼　（不気味な声で）あたしのかわいい美泥に。
野獣郎　きたねえ奴だ。
美泥　やっとわかったよ。本当は、あのときにあたしが斬っとかなきゃいけなかったんだ。あたしが斬れば、かあさんもこんな風にはならなかった。（涙丸を抜き放つ）
婆娑羅鬼　こしゃくな！

襲いかかる葛鬼。それを斬る美泥。

婆娑羅鬼　なに！

驚く婆娑羅鬼にも美泥の一刀が走る。

婆娑羅鬼　く、くそう。
葛鬼　（瞬間、母親の顔になる）……み、ど、ろ。（微笑む）

倒れる二妖怪。涙丸が雨を降らせる。

野獣郎　そいつは……。
美泥　霊剣涙丸。あたしのかわりに泣いてくれる便利な刀さ。
猿嚙　なるほどな……。その剣の正体確かに見届けた。
美泥　なに。

駆け去る猿嚙、雪目。

野獣郎　待て、こんちくしょう！

追おうとする野獣郎、美泥、風鏡。

梨花姫　私たちも。

錐蔵　おう。

続こうとする錐蔵の頭をはたく野獣郎。

錐蔵　あいた。
野獣郎　調子に乗るな。おめえらは、もういい。
梨花姫　え。
野獣郎　ここから先は足手まといだ。戻ってくるから金用意しとけ。
錐蔵　しかし……。
野獣郎　地獄の淵で甚五にあった。銀四十枚確かに渡してくれとさ。
錐蔵　値が上がってるじゃねえか。
野獣郎　それと、自分の代わりに姫を頼むとか言ってたかな。
錐蔵　え。
野獣郎　確かに伝えたぞ。（美泥達に）行くぜ。

駆け去る野獣郎。続く風鏡。

美泥　生き残りなよ、せめてあんたらくらいは。

駆け去る美泥。

見送る錐蔵と梨花姫。

☆

羅生門前。

待ちかまえている蛮嶽。棒状の得物を持っている。横に控えている独言鬼。

合流する猿轡、雪目。

そこに駆け込んでくる野獣郎、美泥、風鏡。

美泥　晴明王……。

野獣郎　お待ちかねか。

蛮嶽　よく蘇ったな、野獣郎。つくづくお前の命の力には感心させられるよ。

風鏡　うかつに答えるなよ、野獣郎。どこで言霊のしっぽをつかまれるかわからんぞ。

蛮嶽　ほう、おもしろい男がいるな。（記憶を探る）……兄上。……風鏡か。なるほど。家を捨て名を捨てた男が今頃なんの用かな。

風鏡　さあてね、そこんところが自分でも今一つ決めかねていたのだが……どうやら、腹を決めねばいかんようだな。（美泥に目で挨拶）

美泥　あ……。

と、突然、蛮嶽に襲いかかる風鏡。
蛮嶽を護ろうとする猿嚙、雪目、独言鬼。

美泥　野獣郎、風鏡さんの援護を！　晴明王に近づけさせて！
野獣郎　なんで⁉
美泥　きれいな姉ちゃんの言うことは、なんでもきくんじゃなかったの。
野獣郎　問答無用か。（猿嚙と独言鬼の剣を受ける）こいや、てめえらの相手は俺だ。

風鏡対蛮嶽の戦い。

蛮嶽　無駄なことを。その程度の腕じゃ、その身体に乗り移る気にもならん。
風鏡　そんなことはわかってるよ。（と、蛮嶽の得物をつかむと自分の腹に突き立てる）受け取れ、私からの贈り物だ！

風鏡から吹き出す鮮血。が、一瞬はやく蛮嶽は雪目の腕を摑み自分と風鏡の間に入れる。風鏡の血に染まったのは雪目。
雪目と風鏡を串刺しにする蛮嶽。

野獣郎・美泥　風鏡！
雪目　（かつての想いを取り戻す）……風鏡さま……。
風鏡　雪目、すまん！（蛮嶽に）おのれは……。

蛮嶽が得物を抜くと倒れる二人。

野獣郎　な、なんだったんだ、あいつは。あれじゃただの犬死にじゃねえか。
美泥　風鏡の血には晴明蟲を鎮める働きがあったんだって。だから自分を犠牲にして……。
野獣郎　なにい。
蛮嶽　……なるほどな、そんなことだろうと思った。
野獣郎　なに。
蛮嶽　まあ女一人正気に戻したんだ。こやつも満足だろう。

風鏡の上におおい被さるように息絶えている雪目。

野獣郎　てめえはよぉ！（蛮嶽に向かっていこうと）どけ、猿！
猿鹵　そうはいかん。

野獣郎　うざいんだよ！
独言鬼　させるか。

二人の攻撃に野獣郎の刀が弾かれる。

美泥　野獣郎！（涙丸を投げる）

野獣郎、涙丸を受け取るとそれで猿噛の得物を受ける。
いったん離れる猿噛。

猿噛　これです、晴明王様。間違いなくこの剣が蘆屋流の奥義。
野獣郎　まったく斬っても斬っても。たいげえしぶとい男だぜ！
猿噛　俺は猿噛。晴明様の昔より安倍家を護る闇の一族だ。晴明様との契約により、再生能力に長けた身体をいただいている。野獣郎、お前のその身体も元は同じだったのではないか。
野獣郎　なにぃ。
独言鬼　晴明を護った闇の一族の中には、京を離れ流浪の民となった者もいる。その名も物怪一族。

美泥　そんな……。
蛮嶽　野獣郎、その血に眠る先祖の血を思い出せ。安倍晴明の名の下に我をあがめよ。物怪野獣郎。バン、ウン、タラク、キリク、アク。（五芒星の印を切る）
野獣郎　くっ。（動きがとまる）
独言鬼　さ、その剣をよこせ、野獣郎。
風鏡　……だ、だめだ、野獣郎！

立ち上がっている風鏡。

風鏡　その刀を渡すんじゃない。それが、きっと蘆屋の秘宝。晴明蟲を殺せる唯一の剣だ。オン、マユラギ、ランテイ、ソワカ！（印を斬る）
蛮嶽　こざかしい。

風鏡を襲う蛮嶽。蛮嶽の持っていた得物は開くと傘になっている。第四景で蜂介達が使っていたものだ。返り血をふせぐ蛮嶽。その傘で腹を貫かれ倒れる風鏡。

美泥　あ……。（蛮嶽をにらみ）そうか、あのとき、あんたの頬を斬ったあの時、何か妙だとは思ったんだ。……血が流れてなかったんだ。その剣の霊水は血も浄化するんだ。

蛮嶽　血がなければさしもの晴明蟲も転生できない！
美泥　よく気がついた。しかし、もう遅い。
野獣郎、だめよ、渡しちゃ！

刀を独言鬼に差し出す野獣郎。

独言鬼　それでいい。
美泥　野獣郎！

その独言鬼に刀を突き刺す野獣郎。

蛮嶽　なに！
野獣郎　うおおおおおおっ！

蛮嶽の金縛りの術を破る野獣郎。
が、独言鬼は起きあがる。

独言鬼　残念ながら私も死なぬ。

野獣郎　（猿噛と独言鬼をにらみながら）不死身の大安売りかよ。面白いねえ、ここで生き残りゃあ、不死身界の王者世界一だ。

猿噛　なんだと。

野獣郎　だけどなあ、てめえらのからくりは見破ったぜ。

猿噛　ぬかすな！

襲いかかる猿噛の剣をはらう野獣郎。

野獣郎　てめえら二人、匂いがおんなじなんだよ！

落ちていた刀を拾い、右手の涙丸で独言鬼、左手の自分の刀で猿噛を同時に突き刺す野獣郎。

猿噛・独言鬼　……ば、ばかな……。

野獣郎　てめえら、二人で一つの命を分け合ってるな。だから、一人一人斬っても死なねえんだ。こうやって、二人一緒じゃねえとな。

猿噛と独言鬼、二人にとどめの斬撃をくらわす野獣郎。

猿轡、独言鬼、消える。

野獣郎　てえ、謎解きはどうでえ、晴明王。
蛮嶽　貴様、血の呪縛がなぜ解けた。
野獣郎　なめるなよ。物怪一族なんか関係ねえ。物怪ってのは俺が一番最初に叩っ斬った奴の名字をいただいただけだ。
蛮嶽　なにい。
野獣郎　俺はただ、むやみやたらに身体が丈夫なだけなんだ！
美泥　なんか、あんた、すごいわ。
野獣郎　いくぜ、晴明王！

うちかかる野獣郎。
蛮嶽、刀を抜いて受ける。
一瞬、怪訝な顔をして離れる野獣郎。

野獣郎　……蛮嶽か。お前、……蛮嶽なんだな。
美泥　え……。

雷鳴。雨足が激しくなる。それは涙丸が呼んだ情の雨か。

蛮嶽　（笑い出す）さすがは野獣郎。野生の勘はごまかせねえや。おめえにはばれそうな気がしていたよ。

美泥　そんな……。

野獣郎　どういうからくりだ。

蛮嶽　からくりも何もねえ。晴明蟲が晴明の意識を移すのに失敗しちまったんだ。いや、ひょっとしたら晴明蟲は最初っから、晴明の力だけを移すもんだったのかもしれねえなあ。

美泥　うそ、うそよ。あんたは晴明よ。でなきゃあ、あんなにひどいことできるわけない。

蛮嶽　……だからいったろう。俺はそんな強い男じゃねえって。力を手に入れたらそれに溺れちまうんだよ。

野獣郎　全部晴明のせいにして、てめえの思うままか。

蛮嶽　楽だぜぇ。他人の名に隠れて好き勝手やるのは。道満王の仮面をかぶった西門の気持ちがよくわかった。もっとも、あいつは偉かったよ。力に溺れるのは月に一度だけと決めていたからな。

美泥　……あんたの夢はどうしたの。人も妖かしも一緒に生きられる世の中にするっていう夢は。

蛮嶽　あれか。あれは思い直した。人も妖かしも、この俺の下で生きればいい。無敵の晴明王の下でな。それがいやなら、死ぬことだ。

野獣郎　上等だ！

野獣郎と蛮嶽の戦い。腕は五分。

蛮嶽　妙な男だよ、てめえは。逆上すればするほど腕が上がりやがる。

野獣郎　逆上か。その通りだ。この剣は美泥の情だ。お前を受け入れたくってうずうずしてるんだ。

蛮嶽　ばかな女だ。昔には戻れねえってのに。

美泥　……蛮嶽。

蛮嶽　だったら、その情ごとすっぱり断ち切ってやるぜ！

蛮嶽の太刀を払う野獣郎。そのとき。

美泥　殺さないで！

一瞬、野獣郎の動きがとまる。蛮嶽の太刀が野獣郎の腹に決まる。が――。

野獣郎　きかねえんだよ！（蛮嶽の太刀をひっこぬく）
蛮嶽　なに！

蛮嶽に斬撃を決める野獣郎。

蛮嶽　ば、ばかな⁉
野獣郎　地獄の淵を見たからな。やられればやられるほど強くなるんだよ。この俺様は！
蛮嶽　く。（再び野獣郎を襲う）
野獣郎　無駄無駄無駄無駄無駄！（蛮嶽の斬撃をことごとく打ち払う）
美泥　やめて、野獣郎。殺さないで、お願い！

雨がひどくなる。

蛮嶽　（刀をとばされて）……い、いいのか。仮にも安倍晴明の血を持つ男だ。俺を殺すと、地獄の門が開くぞ。西門が言ってたろう。この都の魔界の封印、それを押さえているのは晴明蟲の力だ。俺が死ぬと、今までの妖怪とはけた違いの化けもんどもがこの世に現れるぞ。

野獣郎　知ったことか。

野獣郎の抜き胴が蛮嶽に決まる。

野獣郎　……安心しな。出てきた化けもんは全部俺がぶったぎってやるよ。おめえのようにな。

蛮嶽　く。くそ……。

自分の血を野獣郎になすりつけようとする。

野獣郎　(それを払って) いらねえよ。晴明だかなんだかしらねえが、俺は御免こうむるぜ。

蛮嶽　く。(懐から仕込み刃をだすと、野獣郎に襲いかかる)

が、野獣郎のとどめの一撃。

倒れる蛮嶽。豪雨。

美泥　蛮嶽！ (野獣郎に) ばか、なんで殺した。けだもの！

野獣郎　……そうだ、俺はけだものの野獣郎だ。お前が一番よく知ってるんじゃねえのか。

美泥　（涙丸を放り投げ）やるか？
野獣郎　え？
俺は、おめえにやられるまでは死なねえ。だから、お前も俺をやるまではくたばるな。
美泥　…………。（涙丸を拾う）

蛮嶽の亡骸からうおおおんと声が響く。

美泥　なに？
野獣郎　晴明蟲の断末魔だ。

と、ざわざわと周りがざわめく。
妖気があたりに満ち満ちる。

野獣郎　へん。どうやら蛮嶽の言ったとおりのようだな。（と、猿噛にとばされた自分の刀を拾う）
美泥　え？
野獣郎　地獄の門が開きやがった。

現れる無数の魑魅魍魎。
うごめきながら野獣郎と美泥を囲む。

野獣郎　斬り抜ける。ついてこいよ。

美泥　当たり前だ。地獄の果てまで喰らいついてやる。その首落とすのは、あたしだからね。

野獣郎　（笑う）そうこなくっちゃ、いけねえや。

魑魅魍魎に見得を切る野獣郎。

野獣郎　男は殺す女は犯す。金に汚く己に甘く。傍若無人の物怪野獣郎！　命のいらねえ奴はかかってきやがれ!!

魑魅魍魎と闘う野獣郎と美泥。
そして、走馬灯のように冥土に行った男と女、人と妖かしの姿が駆け抜けていく。
その後の二人の行方は杳として知れない。

☆

そして、新しい百鬼夜行ともいえる戦国時代が始まる。

その終止符を打つためには、第六天魔王を名乗る織田上総介信長の出現を待たねばならない。

そのとき、再び新しい〝魔〟の物語は語られるであろう。


〈野獣郎見参・完〉

あとがき

二十一世紀、最初の戯曲をお届けする。

とはいえ、台本書きとしては去年のうちに手を放しているので、実は二十世紀最後のホンだったりするのだが。

一九九六年の初演の時には、とにかく、「好きなことを書く」という気持ちが先行していた。それまで数年の新感線と主宰のいのうえひでのりの興味は、音楽に向いていたように思えた。GTRというライブユニットの展開。本公演でも、芝居の中での歌の比重は大きくなり、コンサート感覚で客をあおりスタンディング。それは、いのうえの指向から考えれば、ある意味当然だといえた。

その一つの完成型が、『ゴローにおまかせ3』だった。

出演者による生演奏、ロックオペラの体裁、観客を巻き込むライブ型の演出……それは、新感線のコンサート型演劇の一つの到達点だった。

バンドではなく芝居からスタートした劇団がここまでやっている。その事には素直にすごいと感心したが、同時に「この形で新感線が進むのなら、ホン書きとしての自分の居場所は難しいな」とも思っていた。自分が作りたい物語を語る場ではなくなるだろうなあ、そう感じられたのだ。

が、そのことを言う前に、逆にいのうえから「客いじりとか参加型とかそういうことはこれで終わりだ。俺達は音楽ではなく芝居でロックをやる」と告げられた。

彼自身、違和感を感じていたのだ。

そういうことなら、俺は好きなことを書くぜ。活劇と伝奇と、そういう自分の趣味を真っ向から書くぜ。そういう気持ちで書いたのが、初演の『野獣郎見参！』だったのだ。

前置きが長くなったが、まあ、そういうことだ。

お客さんになじみがないから本気で舞台にあげるのは危険かなあと思っていた安倍晴明伝説をモチーフに、チャンバラと妖術と、妖怪とヒーローと、とにかくそんな僕の趣味嗜好をぶちこんだ。

主人公とヒロイン以外の主要な登場人物は全て死ぬというのも、意図的にやった。主人公以外のキャラはすべてどこか心に弱い部分を持っている。それも今まではあまりやらなかったことだ。それまでの自分の物語とは、違う肌合いにしたかった。

チラシを敬愛する石川賢氏に頼んだ。氏と彼が所属するダイナミックプロとは、それが縁で様々な形でお世話になることになる。

宣伝写真を野波浩氏にお願いしたのもこの作品が最初だ。

異臭騒ぎによる公演中止というとんでもないトラブルはあったが、芝居としてはそれなりに評価された。

いろんな意味で〝いのうえ歌舞伎〟リスタートになった作品だと思っている。

その『野獣郎』だが、今回再演するにあたりビデオを見直して驚いた。

正直、もう少し格好がついてると思ったのだが思いのほうが先に立っていて、上演台本としては荒い部分がかなり目についた。特に前半は、設定と人間関係の説明に汲々として、なんだかすっきりしない。余計な遊びも目についた。

その辺の所に気をつけて直したつもりだ。流れは随分よくなってると思うのだが。

もう一つ、初演との大きな違い。

それは野獣郎と美泥以外に、梨花姫と錐蔵という生き残るカップルを作ったことだ。

皆殺しの芝居はやりたくなかった。はっきりとした形で、この世界の中で先につながる人間達を書いておきたかった。

もっとも、梨花姫に関しては、初演でも死んだことにはなってはいない。確信的に全滅戦にするつもりだったのに、うっかりして見のがしていたのだ。しかしまあ、それもきっと物語の神様の思し召しと素直に従い、今回はこういう形にした。

五年前では信じられないが、書店に安倍晴明本がずらりとならんでいる現在、再びこの物語が世に出たのも何かの縁かも知れない。

楽しんでいただければ幸いです。

二〇〇一年二月

中島かずき

野獣郎見参☆上演記録

東京◉2001年3月12日〜31日　青山劇場
大阪◉2001年4月5日〜14日　シアター・ドラマシティ

■キャスト

物怪野獣郎＝堤真一
美泥＝高橋由美子
芥蛮獄＝古田新太
婆娑羅鬼＝手塚とおる
北の宮の眠り姫（梨花姫）＝大沢さやか
猿噛＝橋本じゅん
穿ちの錐蔵＝粟根まこと
左前の甚五＝河野まさと
細川虎継＝こぐれ修
細川猫継＝こぐれ修
独言鬼＝逆木圭一郎
陰面羅鬼＝右近健一
葛鬼＝村木よし子
雪目＝山本カナコ
赤松為磨＝吉田メタル

渋毒柿右衛門＝右近健一
一刺し蜂介＝インディ高橋
あぶくの蟹兵衛＝礒野慎吾
いがいが栗満太＝村木仁
うすらの臼六＝タイソン大屋
待所の武士達、魑魅魍魎達＝川原正嗣、前田悟、武田浩二、佐治康志、藤家剛
　前川貴紀、三住敦洋、奥園日微貴
女官達、魑魅魍魎達＝赤峰宏枝、CHIZUKO、栗原妃美、毛塚史子、菅原和歌子
　武田みゆき
荊鬼＝前田美波里
安倍西門＝松井誠
風鏡＝松井誠

■スタッフ

作＝中島かずき
演出＝いのうえひでのり
美術＝堀尾幸男
照明＝原田保
振付＝川崎悦子
アクション・殺陣指導＝田尻茂一、川原正嗣、前田悟（アクションクラブ）
音楽＝岡崎司
音楽部＝右近健一

音響＝井上哲司
音効＝末谷梓、大木裕介
衣裳プロデュース＝竹田団吾
小道具プロデュース＝高橋岳蔵
特殊効果＝南義明（ギミック）
ヘアメイクデザイン＝河村陽子（DaB）
演出助手＝坂本聖子
舞台監督＝芳谷研
宣伝美術＝河野真一
宣伝写真＝西村淳
制作＝栗間左千乃（東宝芸能）、前田名奈（ニッポン放送）、柴原智子（ヴィレッヂ）
エグゼクティブ・プロデューサー＝市村朝一（東宝芸能）、鳥谷規（ニッポン放送）
制作協力＝劇団☆新感線、ヴィレッヂ
主催＝東宝芸能、ニッポン放送（東京公演）
　関西テレビ放送、シアター・ドラマシティ、キョードー大阪（大阪公演）
製作＝東宝芸能株式会社、株式会社ニッポン放送

中島かずき（なかしま・かずき）
1959年、福岡県生まれ。立教大学卒業。舞台の脚本を中心に活動。1985年４月、『炎のハイパーステップ』より座付作家として劇団☆新感線に参加。以来、物語性を重視した脚本作りで、劇団公演３本柱のひとつ〈いのうえ歌舞伎〉と呼ばれる時代活劇を中心としたシリーズを担当。代表作に『Beast is Red～野獣郎見参！』『髑髏城の七人』『阿修羅城の瞳』などがある。

〒151-0051　東京都渋谷区千駄ヶ谷 1-11-6　第二シャトウ千宗301号
㈲ヴィレッヂ内　劇団☆新感線　中島かずき
Tel. 03-5770-2502　Fax. 03-5770-2504

K. Nakashima Selection Vol. 4
野獣郎見参

2001年３月12日　初版第１刷印刷
2001年３月22日　初版第１刷発行

著　者　中島かずき
発行者　森 下 紀 夫
発行所　論　創　社
東京都千代田区神田神保町 2-19　小林ビル
電話 03 (3264) 5254　振替口座 00160-1-155266
組版　ワニプラン／印刷・製本　中央精版印刷
ISBN4-8460-0263-2　©2001 Printed in Japan
落丁・乱丁本はお取り替えいたします